中文課

肖水　著

總　序
台灣詩學吹鼓吹詩人叢書出版緣起

蘇紹連

　　「台灣詩學季刊雜誌社」創辦於1992年12月6日，這是台灣詩壇上一個歷史性的日子，這個日子開啓了台灣詩學時代的來臨。《台灣詩學季刊》在前後任社長向明和李瑞騰的帶領下，經歷了兩位主編白靈、蕭蕭，至2002年改版爲《台灣詩學學刊》，由鄭慧如主編，以學術論文爲主，附刊詩作。2003年6月11日設立「吹鼓吹詩論壇」網站，從此，一個大型的詩論壇終於在台灣誕生了。2005年9月增加《台灣詩學・吹鼓吹詩論壇》刊物，由蘇紹連主編。《台灣詩學》以雙刊物形態創詩壇之舉，同時出版學術面的評論詩學，及以詩創作爲主的刊物。

　　「吹鼓吹詩論壇」網站定位爲新世代新勢力的網路詩社群，並以「詩腸鼓吹，吹響詩號，鼓動詩潮」十二字爲論壇主旨，典出自於唐朝・馮贄《雲仙雜記・二、俗耳針砭，詩腸鼓吹》：「戴顒春日攜雙柑斗酒，人問何之，曰：『往聽

黃鸝聲，此俗耳針砭，詩腸鼓吹，汝知之乎？』」因黃鸝之聲悅耳動聽，可以發人清思，激發詩興，詩興的激發必須砭去俗思，代以雅興。論壇的名稱「吹鼓吹」三字響亮，而且論壇主旨旗幟鮮明，立即驚動了網路詩界。

　　「吹鼓吹詩論壇」網站在台灣網路執詩界牛耳是不爭的事實，詩的創作者或讀者們競相加入論壇為會員，除於論壇發表詩作、賞評回覆外，更有擔任版主者參與論壇版務的工作，一起推動論壇的輪子，繼續邁向更為寬廣的網路詩創作及交流場域。在這之中，有許多潛質優異的詩人逐漸浮現出來，他們的詩作散發耀眼的光芒，深受詩壇前輩們的矚目，諸如：鯨向海、楊佳嫻、林德俊、陳思嫻、李長青、羅浩原等人，都曾是「吹鼓吹詩論壇」的版主，他們現今已是能獨當一面的新世代頂尖詩人。

　　「吹鼓吹詩論壇」網站除了提供像是詩壇的「星光大道」或「超級偶像」發表平台，讓許多新人展現詩藝外，還把優秀詩作集結為「年度論壇詩選」於平面媒體刊登，以此留下珍貴的網路詩歷史資料。2009年起，更進一步訂立「台灣詩學吹鼓吹詩人叢書」方案，鼓勵在「吹鼓吹詩論壇」創作優異的詩人，出版其個人詩集，期與「台灣詩學」的宗旨「挖深織廣，詩學台灣經驗；剖情析采，論說現代詩學」站在同一高度，留下創作的成果。此一方案幸得「秀威資訊科技有限公司」應允，而得以實現。今後，「台灣詩學季刊雜誌社」將戮力於此項方案的進行，每半年甄選一至三位台灣最優秀的新世代詩人出版詩集，以細水長流的方式，三年、五年，甚至十年之後，這套「詩人叢書」累計無數本詩集，將是台灣詩壇在二十一世紀中一套堅強而整齊的詩人叢書，也將見證台灣詩史上這段期間新世代詩人的成長及詩風的建立。

　　若此，我們的詩壇必然能夠再創現代詩的盛唐時代！讓我們殷切期待吧。

2011年7月修訂

目　錄

第一輯

我們的糧食不多了

文森特

你總讓我感到不快樂，文森特
我走在中國的大街上
我懷抱著的書頁裡，滿是
你的自畫像
現在的人們用彩色照片複製
你煙斗下堅硬的鬍鬚
你墨綠的眼睛和削瘦的臉
你繃帶下被愛情灼傷的耳朵
我固執地認為，那是
你為我作（的）
秋天有人走在空蕩的吊橋上
你扣起風衣，準備出門
我需要事實的真相，文森特

今天中午我騎著自行車
混在闖紅燈的人群裡
離開他們二十米後，我停住了
我後悔了，文森特
我知道，在烏鴉群飛的麥田
你在為那些貧民拾起麥穗
把糧食和狗尾巴草分開
閒暇時，你會憂傷地注視著我
你的臉是狹窄的湖，清澈的
貝加爾。你揮揮手，說
現在，大概可以採摘向日葵了吧
扔掉鳶尾花，去阿爾的田野吧

我把你的小椅子帶回家了
在它的背面有你的簽名：文森特
我可以幫你弄到咖啡館的角落去
你的一幅畫抵當五片麵包和一壺
咖啡。我希望我是23歲的提奧
給你帶來一個弟媳，糧食
和一個睡在麥稈上的姪子
我準備結婚了，文森特
我背過你的時代，收拾好你留下的
鐮刀和馬鈴薯。我要穿過
你為我設置的璀璨星空
去廚房找一截還沒有吃完的乳酪

2003.7.25

孤獨的羊群需要早起

　　　贈給與我一起考研的12個好兄弟

孤獨的羊群需要早起，十二個無比親近的表兄弟
做廣播體操，唱國歌，朗誦詩篇
望著一面紅色的旗在遙遠的曠野上慢慢升起

四面八方，柴火狂亂。人們盲目地走動，
我低著頭。風中，中國的秋天來臨
而你的皮毛，像呼嘯著向著天空倒伏的森林

焦慮不安的表兄弟啊，不要在月光下隱匿
大地上，我看見你那早熟的肖像
消瘦蒼白的身體，秀美而布滿絨毛的陰莖

我們是雄性的動物，漆黑燦爛的野獸
對征服貧窮懷著莫名的虛榮，也懷著恐懼
多麼單調，靈魂在安臥時還要執著燈火和長矛

在黑暗中行進，緩慢的軍團。十二個無比親近的
表兄弟！清澈的湖底安放著上帝最初的光
要有光！而你應該是水面上那隻巡獵的蒼鷹

我摘下一個蘋果，一行暴雨中急馳的詩句
而早起的羊群不能被睡眠中的樹木絆倒
它們的叫聲在高原上，清脆，孤獨，冒著熱氣

2003.3.22

我與一位女孩走進森林

我與一位女孩走進森林
那是暗的海
假如穿上泳衣，就可以
在白樺樹尖上與魚游弋

森林無邊蔓延，蒼鷹般的大鳥
像立在桅杆上危險的魚鷹
山崖上的她，除了她
沒有驚異的風景

世界都寂寞了
亞歷山大的燈塔撞沉在礁石下面
到海面上去點你的燈吧
爬下山崖，爬下山崖的黑暗

帳篷，游離的牧歌
可是缺少草原和野馬的嘶鳴
在溫暖得只有寒冷的夜裡，我們
擁在浪尖，抱頭痛哭

我與一位女孩走進森林
那是暗的海，暗的海面
脫下積滿冬雨的鞋
樺樹和腳掌可以作回家的櫓

1999.11.30

一隻烏鴉飛到一截虛弱的詩歌上

一隻烏鴉飛到一截虛弱的詩歌上
一個聲音和另外一個聲音開始合唱
一個唱李賀：
此馬非凡馬，房星本是星。
向前敲瘦骨，猶自帶銅聲。
一個唱李白：
李白鬥酒詩百篇，長安市上酒家眠，
天子呼來不上船，自稱臣是酒中仙。
那時候，天空開始飛花
疑是揚州的五月，或者
歌舞喧囂的長安。寒氣濃烈的黑夜
月亮高升，池水清清
遠處傳來馬蹄的噠噠聲
有人離開，有人進城來
但是城門緊閉
誰是穿越這一千年的
夜行的黑衣客
一身輕裝，懷揣詩歌
他默不作聲，腳步輕盈
但是有人看見，他掏出書卷
火光映紅了黝黑的文字
在高原上蔓延的秋天
抵達這裡的河岸，江上
大水東逝，空無船帆
忽然，一隻烏鴉，精靈，圖騰
飛到一截虛弱的詩歌上
他停下來，休息，睡眠，生殖
羽毛拍打清澈的空氣

寒冷撲面而來
而孤獨的人們仍然
默不作聲，桌上的荼餚
在搖動的紅燭下，像
在黑夜中凍結的瓷器
寒光閃閃，露水斑斑

2003.4.9

鄉村生活

平原上的市鎮，運河平緩，青石的古街成爲淺淺的水道
天上的綠色跌落水面，如士族院堂的門楣上剝落的彩漆
在涼爽的夜晚 ，清脆晶瑩，並且成爲瓷器上流動的閃光
女子輕輕的歡息傳來，飄搖的燈籠和我的手掌一樣黝黑
我低頭，石板上響起泉水滴答的聲音。案几上茶壺已涼
望著遠處的風景，晨霧沒有停息，幽幽吐出花朵的呼吸
是誰，折了青翠的柳枝漫不經心地作畫，誰是那畫中人
獨木的小舟搖動，從一孔拱橋下面，穿過，街市的叫賣
孩子的嬉笑次第響起，像在屋宇上空躑躅迴旋的舊歌謠
而鄉村愈來平靜，牛羊吃過午餐，在欄廄中安心地睡眠
天空看不見炊煙。糧食的香味來自於田野和郊外的草垛

2003.5.15

請求和誓言

我要擁有私人的神明
就像我要擁有一整個湖的清水
和五平方米的月光
我還要擁有一個孩子
我要做一件藝術品的父親
它掛在牆上
也掛在永恆的時間的上面
同時，請給予我在黑夜活動的權利
一襲黑衣，一柄青銅
允許我出入於中國的城池
和所有貧窮的村莊
安慰一位母親，安慰她的額頭上
正在經歷的苦難
讓我大聲說話
像老鷹撕開獵物，像
一個女人命令所有和她偷情的男人
我要與你們背道而馳
馬車翻過雪山，牛羊放牧海洋
在最初的黃昏，我們已經上路
我不要驛站的燈火
不要花轎中偶然露出的一截衣裳
請給我孤獨的糧食
給我一條游動的魚，一座
隨身攜帶的花園
鮮花盛開，藤蔓穿越海洋
龐大的魚群甩開魚鷹的偷窺
開始前進，不發聲響
他們的沉默代替我的說話

可以聽見，在北太平洋的島嶼上空
我或者失眠的幽靈
我們放棄無休的睡眠
開始放肆歌唱，唱人類之歌
唱野獸之歌，唱殺戮之歌
唱無恥的請求和芬芳的誓言

2003.7.15

我們的糧食不多了

我們的糧食不多了
我不得不
向你陳述時代的遭遇
玉米，麥子，馬鈴薯
稻穀，我們賴以生存但
從不去生產的東西
饑餓像你未曾見過的煙花
饑餓是明天賜予今天的糧食
但乘天還沒有全黑
夕陽沒落，群山黝黑一片
不要說這是最後的宴會
需要盛裝和旗袍
不要說刀叉和餐盤
還在工匠的爐火中打造
乘月光還沒有到來，我們
還可以做一次機會主義者
我們還可以將雙腳踏入
南方秋天的稻田，和
稻田上空突然來襲的暴風雨
總會有路途通向遙遠的糧倉
總會有搶劫者和暴怒的法官
總會有棺木和讚美的詩行
總會有從睡眠中驚醒的稻穗
它從老鼠偷取的家當裡
它從農民不再吟唱的歌謠裡
它從乞丐稀疏的手縫裡
它與祖先的魂靈一起飛升，然後
降落在一塊濕潤的文字裡

一整個晚上，包括黑暗
賦予困倦，我都在等待
一個漢字和一個詞的發芽
不待它開花，長成
杜甫鬍鬚上的偉大詩句
李白酒杯裡的澄清月光
我就拾起，並且迅速塞進嘴裡
我們的糧食不多了
我向時間伸出雙手
我知道，我比糧倉更加饑餓
更加困倦，使你要爲我而哭

2003.7.22

小商人

一個小商人
他從遠方回來
兩手空空
他說他差一點死去
在沙漠裡

過了不久，他
擁有了一爿小店
在海邊
除了一隻海龜
的陪伴
他孤苦地活

但生意出奇興隆
店面擠滿了顧客
黃色的亞洲人
黑色的非洲人
白色的歐洲人

有人好奇
漂洋過海
要打探他的商品
他說，我出賣的是
四季

早晨我賣春天
中午我賣夏天
黃昏時我賣秋天

那冬天在晚上賣？
有人問

晚上，商人說
海灘上空蕩蕩的
大家都高興地睡覺了
我的房子裡囤積了
所有的冬天

我喜歡雪花
在從沙漠裡回來的路上
向上帝祈求平安
上帝說，冬天是高尚者
給自己的禮物

2003.7.28

半島書

凌晨三點，大廈30層
溫暖的被窩，製造它的小氣候。
濕潤，霧氣籠罩，英倫島嶼

季風過去。一場暴雨突如
其來，降落在
我的夢境。聽得見，雨打芭蕉
花落石盤，一地黑色的棋。
而我是無花果樹下
赤身裸體的男子
渾身淋濕，黝黑的皮膚。一粒
習慣於說謊的果實，砸痛了
我的眼睛

掀開窗簾。窗下就是大海
默然相對，我借助它的呼吸
延續此刻的──「生」
我相信，漏過我指間的風
都是淡藍色的
素雅，汁液黏稠，像打碎的漿果
使秋天所有流經的河流
都低緩前行，穿過一個季節
的風景，到達遠方虛弱的心臟

我曾想爲海更換一個美麗的名字
不要憂鬱，我更喜歡
海上的風暴。驟然而起
一場宴會，或一束煙火的尾聲

它神態安詳，安於富足或者清貧
歌劇裡，上演的是國王和一個妓女
他們相愛，用暴力抵抗臣子的叫喊
我在興奮，我有理由效仿所有
虛構的生活
而你用黑暗布景上幾盞閃爍的燈火
向我提示黑夜的存在，黎明前的睡眠
你的烏髮散落，衣裙輕解
五平方公里的月光，就像一袋
在冰箱的凍結的空氣

大海安靜如斯。我孤然一身
北來的寒流，擦過突兀的懸崖
燈塔上，時隱時顯
最後熄滅的火
使我想起了希臘和愛琴海上
泅渡點燈的人。我的身體是它的鍵盤
或者琴弦的，最卑微的一部分
它的音樂，一場在海平面的上空
發生的地震。
我感到了寒冷，蜷緊身體
在半島上，低低地，爬行

2003.9.28

獻辭

隱含一半的驕傲，低低地走
天空中飛過風箏，好像
激流中不可能出沒的睡蓮

雨水即將從山後飄來
有人駕舟而行，而我避閃不及
新鮮、柔軟的泥
讓人想起沒有劣跡的童年

是否意味著一種遺憾
吹著喇叭，關上門窗
烏雲四伏，在積木中間點燃

燈盞。天眞，和慢。曲折
的語氣，在花哨的細節中間
精雕細琢，甚至躲躲閃閃

我絕對在桃花裡看到了桃花
看到樓層高過快感和夢想
沒有濃度，毋需語法
烏鴉飛進隧道，而我掏出鑰匙

打開門窗。霧氣瀰漫的
清晨，被孤獨沖得越遠
越能趕到你們的中間
作上記號，刻下我們的時間

2005.6.22

米沃什詞典，第311頁。

從惡夢中醒來，聽到凌晨四點五十分的鳥聲
離我不遠，彷彿落在圍牆之外
濃烈香味，一叢梔子花，阻礙它與我的路途

撲閃和掙扎。身後，時光的叫聲
彷彿多年前的白露，鋪開在新鮮的泥土上
雨水滑過額頭，童年了無痕跡

赤腳下床，去找藏起來的那串佛珠
幽暗的紫檀，佛打坐其上，幽谷空空
此刻，似乎更加神祕和宏大，令人敬畏不語

終於有人醒了，拋下無數關於生活的比喻
和啓示，他們終於提到了我和你，流亡者
和另外一個流亡者。

可恥者都是兄弟，在亞歐大陸上匆忙聚集
你爲一隻逃跑的野兔整日惶恐不安
你不停說：我們相隔重洋……相隔重洋……

一萬里！可憐我們在人世間的孤楚的目光。
黑暗散去，時間的回憶，竟使我們
成爲相互關聯的兩個詞：生者，死者。

只是，年輕的人們讚美一個，激烈地反對
另一個——優雅的上帝不是中國人，
痛哭的孩子抱住木板，沿著海岸，游向天堂

清晨，葬禮早已舉行完畢
戴上帽子，我試圖徒步走到你在美國的墓前
作為你的敵人，獻上玫瑰和詩篇

2005.6.24

賦閒書

聽到從深井中汲水的聲音
澄亮的月光，潑向合歡樹
嘩啦，性的歡愉
攪動池塘的蛙群，此起彼伏
尖聲叫喊
因為夏天即將過去

銀手鐲，石橋墜下木瓜果
青布衣，晃過牆角
沉重的哈欠，像一隻做夢太久的
蟲子，從薄霧中醒來
城門緊閉，城上空無一人
激流之上，剛結束一場賽龍舟

弓箭舒展，斜影懸在牆上
將它形容你微蹙的眉頭
或者被魂靈拉動而扭曲的星辰
憂也安，憂也安，
有人走過青石路，三步一歎
袖中風聲，趺趺蕩蕩。

唯有梔子可穿透煙雨和金甲
此刻的江南，恩仇是一顆
比番茄更柔軟的空心果
反清復明！有人高聲偷喊，
驚起熟睡的鳥！豎起耳朵，
吱呀，柴門推開，腳步比
臉上的風更加迅疾，凌亂不堪

退回桌前，清茶如碧水一灣
端起青瓷，和風撫過，
微笑，如像一尾黑鯉
輕悄悄躍出嘴角
莊周已化蝶而去，有人念道：
逍遙，逍遙，任逍遙

苦難總是來的倉促
猶如一場不告日期的喜宴
關緊門，鋪開燈火，孤獨地
飲酒，孤獨地被往事灌醉
你說的那些胡話，
來自於你哼唱不全的胡笳

2005.7.22

民國三十年

失去器官的士兵，勇敢地去搶劫一個貧困的家庭，
聽到泉水湧出眼睛，聽到風聲越過青瓷碗
和漆黑的灶台，像一條狼，竄進田野，
星光燦爛，稻穗在波浪的尖上。

從黑暗之中走來農夫，默不作聲
限制挖掘，他挑出穿過時間的鮮花和石頭
既然無可逃脫厄運，為什麼不雙腳踏進稻田？
他甩甩手，洗盡泥巴，準備回家去叫醒熟睡的孩子。

2005.8.21

淨琉璃

致Rutino

善男子，
與被捆縛的佛同在。
佛已窒息，套在頭上的
透明塑膠袋，像木棉花
高高揚起。

咻，此處不宜遊戲。
年輕的佛，束於塔狀木架之中
閉了眼，背對其他神明。

嘀咕，嘀咕。
不興娶嫁，不打誑語，
陷入花的深眠，
如同半枚清澈的琉璃。

經閣上，可望遠方
香客如約駕船而來，
秋天，被江面分隔爲
背道而馳的，綽綽人影

這一天
與女子同遊雞鳴寺，
天氣怡人。
求一木蓮，想要贈予某人。

2005.10.6

迦太隆尼亞情色

陷阱已經過去，
身體裡的光線開始黯淡。
他這條綠色的魚呵，
今晚在哪條船的邊沿停留。

他的同伴在暗紅的角落裡
親吻一個老男人的臉頰了。
舞動的手，變幻的節奏，
鎮定而清澈的眼睛，簡潔，
迅速，如
紫色的獅，互相追逐的魚，
歡快的，從不停止的火焰。

或者
一些圓滾滾的神，或許精靈
誰知道呢。

光從螢火蟲大小的洞中透出來
藍的，紅的，綠的，
曖昧有趣的和幽默的。
他以為那是上帝的臥室
憑藉說話的方式
就能捕捉這時節裡最孤獨的心靈，
繼而將它驅逐

他打架，將身體視為疾病，
他喜歡將三種類型的男孩
──列舉。

他想聽他們說一些虛無的事
他離自己太近，以至看不見別人。

他看見他和他戴著一樣的彩色繩索後，
想去握一握那年輕男子的手腕。
他缺少的，
不只是一隻精緻妖冶的五邊形漆雕。

2005.10.8

文森特每個週末都想徒步到倫敦去

文森特，一個小男人
他很樂意出差
去倫敦——
四小時的路途，
經過教堂，樹叢，孤獨的路，
樹梢上有烏鴉和喜鵲，追逐
他心中比馬蹄更快、更凌亂的腳步

他是幸福的，但陰冷的天氣令他生厭
他不斷往煙斗裡，填滿煙草
火星順著他的呼吸跳出來，孤獨的
只有一個人觀看的煙火。

他伸長了脖子往遠處看。
路的盡頭，有個聲音使他心煩意亂。
每個清晨，陽光都會很好，
嬌小的厄修拉都會推開窗戶，
大聲叫道：
「梵高先生，該醒醒了！」

文森特幾乎每個週末都想徒步走到倫敦去
只要還在英國，厄修拉就還是他的，
她是他的公主和珍寶，
她是他在大海上唯一的白色桅杆，
她是吸完一袋煙草以後，可以望見的陡峭海岸。

他想揮動馬鞭，同時揮動畫筆
畫滿星星和月亮，畫滿一塊落滿桃花的土地。

他想在上面建造房屋
他想在房屋裡留下一雙兒女，
他還要在兒女的餐盤裡畫上一隻天鵝
他的生命需要上帝的祝福

他早計算好了時間，
遠處傳來了洪亮的鐘聲。
在他的心裡，即使倫敦的霧不期來臨，
他和美麗的厄修拉之間也
只有半匹馬的距離

現在，穿過吊橋，
灰色屋頂上空，梧桐樹吐出嫩綠的葉子
文森特跳走下馬車，
向一座低矮的房屋走去，
有人看見他的臉，
像日落後漆黑的烏鴉身上的反光。

2005.11.8

六朝古都

我聽到了窗外的雨聲，很細，像蚯蚓鑽進泥土，
可春天還在遠處，在村莊之外，田壟的盡頭。

但雨水讓我和那個世界，隔離開來，
我被包圍在想像裡，想像是一隻在我身上吐絲的蠶。

有人敲打木魚，江面上響起雞鳴寺的晚鐘，
有人在深夜將一隻木桶扔進井裡，井水比天空

更清澈，比一條魚更想跳出落在他身上的樹的陰影
一枚果子，青色，卻像一條思春的青蛇。

它在尋找她的白衣男子嗎？想著很多很多事情，
我在去那個六朝古都的火車上，安靜地睡著了。

2006.4.10

少年遊

從樹林邊的河岸，穿越光
穿過零星的小聲的談話
有鳥如黑，白皙如月光的少年

提著花束，水流漫過耳朵
舟緩慢而前，眉毛下方的湖，有蛇
的尾巴，日落後魚光光的脊背

漫遊，漫遊，不緊不慢。
想起已去的時光，想起我們失去了
李賀，失去了妻妾和三兩銅鏡

天上翻起雲，雲中有馬，
馬上有佛。退隱家園的人在門前
解開長髮，種植菊花。

但他無法忍受此刻的安寧，
就像在歌舞喧囂的長安，無法低頭
走過宮殿的長牆和貴妃的杯盞

遠處的市鎮，燈火在宴席裡鋪開。
鐘鼓和高聲的讚美，彷彿
預示一個沒有罪惡和窮人的時代

有人醉酒，有人離開，
可黑暗裡，誰將爲詩歌生下一個孩子
誰將精液注入一個女人的絕望！

死亡並不可怕，生總讓人惶恐。
庭院外人影閃動，捧起清泉和泥土
饑餓，如同額頭上空翻飛的雪花

不要死去，此刻要去尋找柴和釜，
尋找另外的火。骨頭如玉笛般鳴叫，
清冷的秋天和踢踏聲到達更遠的河岸

從馬上下來的少年，頭插菊花
在灰暗多於光芒的地方，他收拾行李
離開客棧，叫醒城門前熟睡的衛兵

他的眼睛漆黑，但更像一把寶劍，
一柄青銅。他移動木舟，順流而下，
飲下湖水，他飲下遊俠的屍骨

而更多的人，在村莊或者城鎮
在宮殿或者酒肆，他們逐漸緩慢，拖沓
酩酊大醉，在黑暗中，要安靜睡著

2006.6.17

城外遇秀才記

聽見月光落水，聽見
嬰孩循著牆壁，張牙舞爪，蹣跚學步。
燭火明滅，窗櫺後傳來嗔怪，
三兩讚美在脖上，輕輕壓下一枚桃花。

唔，遙不可及。
此刻霧氣籠罩，人面翻飛，如同妖魅，
而誰要英雄救美，
當街拔出大刀，臨空狠狠踢出一腳？

無舟搖過荷田，
夢境卻連成一片低緩的水聲。
江湖，如同彎眉少女，臥於一葉浮萍，
輾轉，反側，整夜未眠。

天未亮，有人背負書籍，來到大街上。
沒有書童，沒有布滿臉龐已三月
的雨水。歌聲從江面飄來，
不知何人，正笑看他胸中的壘壘白雲

忽然奔出一條黑犬，引在
前方。少年撫摸青石條，並不急於穿過
幽深的弄堂。他只想在天亮前
離開頭頂的戒尺，和老鷹逡巡的目光。

現在，市鎮已經落在了後面。
女人的綾羅，男人的鼾聲，以及

隱祕的春天，都變成了鐵缸裡的一棵
蓮，被夢收緊，昏昏欲降。

少年拉緊包袱，匆忙奔在清晨的霧裡。
空無一人，鮮有鳥聲，但他感覺
有條巨大的魚正在體內，迅速游動，
攪起的水，很快就將溢出這個世界之外。

2007.5.20

梵高來到二十一世紀

他並不準備說出所有真相，但他在黑暗中立起身來。
風很大，火光將要從手指蔓延上濕漉的頭髮，
他仍不斷將煙葉填滿煙斗，銜在嘴邊，像一截
生殖器，短小，孤獨，充滿誘惑。

沒有人拒絕過孤獨的愛情，沒有人能從水中
迅速跳上逃生的馬車。
塵土飛揚，複述者對病人隱瞞春天，而一些
令人鼓舞的消息，竟來自於我們未曾品嚐過的花草

那時，天空懸掛著兩顆月亮，一顆屬於憂傷的乳房，
一顆屬於在肚皮上漂浮的麥稈，它可以用來作畫，
也可以用來為我們在雪地上鋪開一張僅供享樂的床。

當然，奇蹟是一隻懷孕的獅子，是沒有前夫的寡婦。
遠離它，既然要在烏鴉的羽毛下獲得安慰，
不如蓄起鬍鬚，不如也決然地拒絕修理肚臍以下的

陰毛。天開始熱起來了，而無人想到有些改變
已不容遲疑。他對另一個人探出身，
但他忽然覺得暈眩，在這個時代裡再也站立不穩。

2007.6.8

情事

你記得他的身體像一枚橙，輕輕
被剝開，露出一夜積雪和陡峭的岩石。

汁液漫了一手，如同
春天，一滴，一滴，氾濫枝頭。

搖搖欲墜，花骨撕裂花骨，
更鈍重的雲朵，迅速從山後湧來。

世界倒地，一團漆黑。三兩鳥聲
漸次響起，彷彿與人隔著一扇木門。

2007.9.29

紀念日

應該把少年推入冰冷的河水,他夢中
的情人,在一灘月光上,除盡衣物,再慢慢

穿起來,扮成一隻晚歸的鷺鳥。我發誓
你不是唯一的幻影。你有多散漫,我就有多少敘述

從你開始,也在你的唇邊終結。四年了,
我們還要走到街的對面去。我遺漏了一個好天氣

在折疊的樓梯上。誰回來太遲,喝醉了酒
就能在枕頭邊緣,找到別有深意的一點空洞和推理。

2008.9.3

讀書筆記

之一

風打敗風，
斜長的倒影，你覆蓋我

在回來的高速公路上，一隻虛構的
畫眉，一條政治學意義上的蛇

我不來，這樣的時代
我的愛情都只在私下裡進行

我的居室懸在上海的上空
在湖水與蘆葦之上十米的地方

誰願意打造中國現代的山水詩
我好像在極力地回避現實

禪意，物我兩忘
凡人的社會圖像，內心和做派

讓我永遠匿名，但
請你知曉我是一個徹頭徹尾的詩人

符號，轉譯，山地的民族
範本，宣紙，綽約，人體的起伏

偉大的事物降臨時我們毫無準備
猩紅的眼睛，頭頂上黃色的月光

之二

那個討厭的傢伙就此消失了
憂鬱的平原和斑馬

當代藝術的一米半徑
而我爲什麼不能成爲一隻老虎

模糊，禁錮的山林
霧上的光，修行的牛羊

不良少年的性生活
我差不多對惡行失去了關注的興趣

不能用事物來比擬一個人
不能在隱喻中，聽到遲到的鐘聲

我一直處於一個斜坡上，這決定了我的命運

離開生疏的隊伍
你在深夜，吐出青苔

2008.11.3

滬瀆重玄

與友人相見，酒樓下就是佛寺，
桃花幾重，猶如兵亂。
有木魚撥開火光，
五六七，已遊出杯盞之間，
三界之外

相隔坐著，語氣清淡
笑反而讓人心傷。

我們曾相約抄經，
夜裡，用禿頂的狼毫，
用削尖的木犀。
現在，一年似乎剛過，
夫子竟欲落青髮三千。

罷了，春光散盡，
所謂來世，不過是小酒裡浸泡
一枚梅子，四五兩
恩仇。

2009.5.6

中文課

之一

淺淺的山林，煙是變形的山鬼。
稻田深入雪，
人和稗草低於廢棄的墳墓

暮色出入銅鏡，
黑鯉脊背上，陡峭的哭聲，
猶如，月光中一副下落的耳墜。

之二

風是鏽蝕的
蘆葦並不齊整地倒伏

松脫的雲，
掙脫不了一首在深秋裡聲張
的古詩

之三

五個韻腳裡，肯定漲滿了水
即使大雪壓低星空
水面上仍能照清，橫過鬢間的蛇形木梳

之四

河柳沙啞，它的枝椏延伸成一隻警惕的翠鳥
另一些，在庭院中，漸漸落滿大雪
等待，半夜有人託夢

之五

醒來，高高踮起腳尖，
如同一陣黑色的妖風
但未必就是那個叫小青的女子

此處有殘荷，
但沒有禁衛和高高的城樓
何處可以稱為錢塘？

它的間隙中，農人用木桶
犁開水面

但它必然堅韌過，
有銀的質地，
有黑的殘斑。

尾巴上有
白鷺，像結在樹上的碩大露珠

之六

輕鬆的語氣裡，懸著
幾枝桃花

關鍵是牙齒放鬆了戒備，
酒甌裡添了眼淚，
有人牽出馬匹，蕩過橋面
輕鬆走出城門

山與山
像不可轉譯的弓箭
毛髮、墨汁，牲畜的腰間
垂下熄滅的石頭

之七

江湖必死無疑
屍骨，增加雪，增加被湖水稀釋的晚鐘

之八

竹的枝節，分開
廟宇和潛伏的山林，對峙的桃花
是注解後多餘的人影

要長久的，不算太遲
彼此交錯的，是一株山梔和杜仲

之九

雨水像對仗的詞語，像黑暗中四處
濺開的身體
絢爛的馬蹄聲，抓緊
晚餐裡的生薑和封閉的兵器

眉目清淡，無人在此刻
停住突兀的傷口
受損的雲層，慢慢癒合
山之盡頭，滾動著豹子身上
犀利的斑點

之十

飲水，如同往水面藏匿一隻鮮豔的鐲子
藍靛棉布，
輕輕翻動另一隻手腕

聖人散亂頭髮，法術全無
墨汁裡鼓出泥漿
荷花的身後立有三個侍女

山鴉潛入水底，
紙張下有無數絕壁

之十一

所謂賢者已成司徒
智者千慮，也已尾隨一隻
鸚鵡的腳印遠去

渡河的羚羊
被一種敘述，傷害了羚角
渾濁的唱腔，
像失控的雷聲，滾落在風與風之間
的縫隙

人，如同濕潤的草木
被隱去四肢和
頭顱
幾近透明的影子，緩緩壓住火焰

之十二

再往外，
十步可以見流星，五十里上下霜雪
如同一匹白馬，
一隻瘦骨嶙峋的蒼鷹

人情不如美酒
美酒不如美人，美人卻在何處？

錦緞撕裂
錦緞，無法觸碰的傷痕
疊成樹上的方床。
在溫泉的密道裡，兩尾魚
豎起牙齒
它們鱗上密布的薄霧
迅速成為
肆虐的雨水，以及
慢慢的，
一抔華麗的灰燼

之十三

既然風能立起身來
骨頭便能生出黃金，生出夜幕和
深厚的猿啼

在落日的疆土上，
燈籠是人間的污點，
牡丹是刺，是帶血的椅子
在一堵幽暗的牆上，
迎面而來的星斗，長滿青苔，
被清洗的，將首先折損
被丟棄的，將重新長成喬木

接著，有人要一一數世間的靈魂，
從有到無，
增加，或者刪除，
用蠶蛹和雲朵，用成堆的乾草
用刀尖上的舌頭
用暗中流傳的一點可疑
的悲憫

而白骨裡有田野的勞役
巨大的琴聲，如同一群往水裡逃生的人
他們踩踏細小、單薄的土地
他們不斷重複經過的麥穗裡，
傳來嬰兒的哭聲。

此刻，月光垂懸在樹梢，
蟬蛻中湧出的塵土，彷彿是早為它備好的
棺木

之十四

身體主要由大山和湖泊構成
一個亡靈，要走遙遠的路途

才會走到自己面前，他輕輕拆卸掉
機關和暗道，
輕輕，放下腰纏和書袋，

它敲門，
它減少詩句裡的雪

藤條上，曠野蜿蜒而走
它步子輕盈，輕得
彷彿一陣不斷減小的風，在四下無人的時刻
清空經卷裡
無數高高隆出地面的土堆

之十五

所有的異鄉人都是獅子
吮吸乳汁，都像大聲地朗讀
詞語，被捏造成一個受孕的女人
羊群散養在
離柴火更近一點的地方
搶在滿山梨花的前面
搶在跑出山規的鳥鳴的前面
讓菩薩流出眼淚，讓身體有如黑暗的洞穴
可以藏住寶劍，也可以
從兩隻漆黑的眼睛裡，暗暗透露出

火光，如同遠方頭頂皚皚白雪
的宏偉城池，絕不放過
不省人事的
守衛和饑餓的立場
絕不在一首詩裡遭遇

一片狼藉的灶台和農婦的哀傷
絕不與黑白相間、沿河相望的江南
在空無一人的村莊，心生愛戀
就此，生死相依

之十六

丹藥，再燒一次！
唯一的故人啊，是我在你的靈床上睡著？

夢還有更深的一種，更深的
羞恥，無法繞過一棵松樹的背後

枯寂的山水，縮身於子宮和肋骨
蒼茫是烏鴉，
也是一大片黑色穀物的絕收

那麼，請揭開我家譜上的石板
用匕首，挑開詞語中間傾塌的橫木，
用厲叫聲打磨佛龕裡生鏽的瓷器
和蟻群般潰敗的香火

那些穿著麻衣的祖先像多餘的黏土，立於天空的兩岸
他們往星辰的深處，拋灑紙錢和
有著五種芳香的烈酒
他們頭髮蒼白，老淚縱橫

他們在祭奠我們嗎？

之十七

樹在懷抱中枯朽
猶如岩石,在急流中匆匆掉頭

縱有月色通向天井,瘦小的
溝渠,仍無法承載鸛鳥的倒影

從集市歸來的屠夫
審問一隻寸草不生的藥罐

夢鄉中擱淺的人
伸手翻出壓在枕底的繡花鞋

橋面上,再無環形的屏風
難以尋覓的事物,如同

無數鈍重的白花的抖動
隨時,從座位上晃晃立起身來

或者,就拖開跌宕的長音
像一條大魚,撲向牆上勾畫的木門

之十八

如此寂靜

他,倒地不起,卻在
一張紙上,孤獨地醒來

他以為，
這世間最後一點恩慈
便是用稻草埋葬絲綢，用絲綢埋葬身下的
這匹馬，以及
他手中那柄寶劍所剩無幾的
枯骨

2009.10.18-2010.4.26

致愛人

你的墓穴在我的身體上。
方方正正，
接近我的心臟。
母親的也在，父親的也在，
那些活著的
那些死了的
我都為他們挖下淺淺的坑

我熟睡了以後
你們乘著月色，走出來
建造庭院，養殖金魚和荷花
你們在水邊飲酒
打起燈籠尋找一隻螞蟻

那些工程在我身上留下的痕跡
就是我的衰老
我的疲倦和皺紋
以及感傷時溢出的大朵的淚滴

但我知道，
我也有一方墓穴在你們的身上
我也將去尋覓生活的意義
而鐵鍬的響動
那些在晴天聽到的雨水
正是提示我存在於世的證明

我埋葬你們，也等著你們
埋葬我

在我熟睡了之後，
月光迷亂之時

2009.11.16

致王維

有一次，我很幸福

我看見，我可以與月亮
平分秋色

芭蕉是櫻桃
春天淪為三兩馬夫

女人如紙一般鋒利
風堵住桃花裡的水聲

黑魚縱上樹椏，所有
鳥都是人間的缺陷

若不願忘卻
實可在枝頭垂釣

波浪又靜又黑
野豬的四個爪印，像憎恨
也像懇求

2009.12.18

往世書

我病了，
我是上帝派來的使者，現在要回去了。

我的前世是一個長相英俊的男孩，但是還沒有成年，
上帝便選中了我。
我需要去另外一個世界繼續我的成年生活，
結婚生子，建立一個國家。

我的國家在沙漠中。
我本來是要去尋找一頭母驢的，但遇到了上帝，
他說他已經選擇了我，但是會補償給我一個不小的王國。
我想好了，要在沙漠中挖巨大的湖，養殖鯨魚，
我的陵墓就藏在湖底。

我有三個兒子。但他們沒有人繼承我的王國。
我的王國交給了一個鐵匠，鐵匠在寶座上睡了一年，
一個牧羊人將他趕到了荒涼的大海裡。
我妻子，一個年輕貌美的女人，後來和牧羊人結婚了。

這些都是我死後，那些本來只會沉默不語的鯨魚告訴我的。
後來，我向上帝祈求，能否讓我重新回到人世，
即便讓我成為一個年幼就夭折的嬰兒也好。
我的淚水在湖面形成了巨大的氣泡，然後是紅色的雲朵，
他終於同意了我的請求，
於是，人們每年在佈滿尖利的石頭的山谷裡，
聽到的從高亢到微弱的嬰兒哭泣聲都是我的。

我等待了很久，很久
終於有一天我聽到了我妻子的哭泣，她抱著一個
已經死去的嬰兒來到了丟棄嬰兒的山谷。
那個死去的嬰兒，長著與我一樣粉嫩的面龐，
一樣修長的脖子，一樣厚薄的手掌，以及
一樣爬滿皺褶、像蚯蚓一樣微小的陰莖。
他的嘴巴，還緊緊地咬著我妻子的乳頭，但是
他的眼睛裡，已經佈滿光的曲線。

我，把那個年幼的死者想像成自己，
我享受著我的妻子的哭泣，
享受著她濕潤的吻，在我的髮叢間游離，並被割傷。

我妻子的身後跟著一個英俊的士兵，
他充滿膽怯地，安慰她，輕輕地去拉她的手臂。
我的妻子順勢倒在他的懷裡。年幼的死者跌落一旁，
他的身體被一隻禿鷲準確地撲了上去。
而我的妻子用雙腿盤住士兵的腰，
英俊而強壯的士兵讓我的妻子的叫喊，
在三英里之外都可以聽到。
我妻子在他的刀槍的尖上，就是一個沒有鎧甲的敵人。

我的聲音，在我妻子越來越亢奮的叫喊中，變得越來越虛弱。
終於，我的聲音停息了。
而上帝出現了。
他指著已經停住蠕動的士兵爬滿汗珠的臀部說：
我要懲罰你，這敗壞道德的有罪的少年。

夜幕降臨。
我妻子已忘記悲傷，她手臂裡幾乎沒有多少嬰兒的血跡了。
但她發現黑暗的宮殿裡，到處拋棄著牧羊人國王的衣物，

一直延伸到寬大的幕帳的後面。
她竟然發現，她作為國王的丈夫，竟然與那個英俊的士兵
在交媾。沒有一點聲音，
士兵昂起的臀部上的汗珠，比珍珠還要碩大，還要光潔。

她心上的傷口，被衝開了。
鮮血蓬勃而出，就像她與我第一次做愛，
從她的身下湧出的泉水那樣。
而此刻，上帝悄悄來到我的身邊，他向我招手，
並露出一種不可琢磨的微笑。
我不是太懂其中的深意，
幾個小時前，我剛成為另一個嬰兒，我的哭聲比我想像的
要小，要弱。
我的哭聲像另一個核桃裡的國家。

我出生不久，就死了。
我的兒子，我的妻子，我的王國的繼承人，
幾乎也同一時間在人間消失。
他們一半成了牧草和沙礫，
一半成了鯨魚。
我沒有再輪迴。我靜靜地躺在我的墓穴裡，等待著自己變成
一把爬滿鹽的枯骨。

鯨魚拍打世界的聲音很大。
我的靈魂，在去往另一個地方的途中，漸漸被夢和回憶分解。

2010.2.11

第二輯

稲草拖拉機

棲息

狐狸用一個黑暗的姿勢醒來，
齊腰深的冥想中，潛伏著林間的動靜

蜂巢已經足夠，光的入口彷彿
探出草莖、準備橫穿公路的山雞

大概雪，不足以補充細節的傾塌
每當秋風來臨，臉上都注滿水窪和淤青

倒立的人，頭頂有波浪湧動
細碎的銀子，壓著兩條白霧茫茫的鯉魚

身世裡月亮驅車上路，灰鸛的腳印
依著歪斜的天空，像少數喝醉的子彈

誰伏在松針的倒影上，用最低的耳朵
抵達，而不傾聽。

2010.6.3

降臨

下垂。多餘的愛人,如同兄弟在水中抬棺
借助光線的浮力,移走
霧色和蠶糞的果園,也改變半夜風的收割

枝頭的閃電,一寸一寸荒蕪,
被星辰濡濕的鳥群,闖入更多稀疏的細節,
借助鏡子的深淺,還有多少橋樑

在小心地探進,被漩渦與月亮均分的異鄉
世間,已無人可再加速花朵的上漲
與其用力重疊,不如反覆翻動打鬥的聲音。

2010.7.13

隱遁

夢中，野馬並不誕生
飛，
只是飛，
像蜜蜂封鎖一頂
獺皮的帽子

這些最大的塵埃，
繫緊紐扣
卻並不壓迫樹木和
房屋

夜晚比我古老
也比我羞澀
叼住的麥稈
上面可以眺望綠色的
峽谷

柔順的眉毛
隨時碎石堆積
遲到的鳥兒脫下一副
沁涼的心脾

途中
所有人都將被選中
死者擁有奇蹟
而雞冠花掩蓋了
新的怯懦

或者，餵養它，
從前的尺寸
猶如火燒過的山林
冬天，
梯子比刀更見鋒利

擦乾淨嘴邊的
一顆星
不建造，
也不任其荒蕪

只是在凹凸不平的
乾草上，
我努力首先將自己
挽留下來

2010.7.25

懸念

天空，只稍稍高出別的屋頂，
稀薄的一層，無法攔截
河流的走向

大魚被雪入侵，更多的噩夢
彷彿皮膚上委婉
生成的牧草和沙礫

竊取意味著身體減輕，在即興
的暗處翻越院牆
大地上的窗戶，就少一重玻璃

山峰選擇淺色的帽子，
鳥於體內築巢，
蜥蜴將所有事物，都當作眺望

而鸛並非被夢見，
是有身孕的風，借助旅行的故事，
輕巧地落在了枝頭上

叫聲，比蝙蝠更白
穿過樹林的姿勢，
似乎比劇情的安排來的早了些

月亮裡有短葉松的香味，
靜默，我們就站在
死去以後才能現身的我們的對面

橋樑是山鬼的梳子，
漂亮的心臟廢棄成一座倉庫
只有微醺，才能令萬物清晰而且迷人

2010.10.10

孤獨

我們從未遇到過自己，在無數花蕾
的中心，我們只是從天空掠過，高高地
彷彿害怕翅膀上的針，裂開樹與泥

月光碎在日光的盡頭，像廢棄的碉樓
或者奄奄一息的米粒。那些將我們引出
餐廳的蜜蜂，無法說出隱晦的目的

2010.10.21

鯰魚

看起來，什麼都會發生
波浪的外面，秋天像被清空的農場
安靜地聽風的噓聲，彷彿
順手牽住，從天空垂下的一根細繩

這並非在雪中，並非
獨睡醒來後的墓園，你說出了它，
夢就迫不及待地
以雀鳥細碎的爪印出現。

即使那些林間的空地，也
無法再找回相同的事物，霧氣彌漫，
積滿露水的松塔。搖晃著，落向
另一種塵埃

似乎，該誕生的，正等待誕生，
而已經毀壞的，不僅僅因為悔恨

寒流逼近，朽蝕人的溫馴，
翻捲的海鷗，替換發光的礁石，
過剩的雲層不斷壓低，
如同無數湧向海面的驕縱的羊群

棕櫚墨綠的心臟，懸在折損的
桅杆上，反覆擦拭銀幣的海盜聽見：
「只有少數魚群，才值得從漩渦中，
放下我們手中的燈和梯子去。」

2010.10.24

如此的生活

我反覆，在枝椏上出現，也永恆
地消失：拆散自己的力如此明亮，
從道路上湧過來的積雪，彷彿
赤身裸體的月光或者手藝的塵埃

阻擋心跳的，剝開了蘆筍的外殼
越是燈火輝煌的事物，越是此刻
在霧中若隱若現。而我們沒有邊際，
凡是流落在愛恨中的人，都知道
嘈雜的鳥鳴會在半夜，突然聚集

所謂的可能意味著另外一種悲傷
敲擊的物體在敲擊前已痛出聲音。
輕而易舉地，車可以快起來，而
留住你的方式，就是讓身體多些
纏繞，並且多一些山路上的盤旋

2010.10.28

從另外一個人理解我

坐著，並不等於沒有雲在下沉
聲音在色彩裡，被揉捏，
像麵團的，也像池塘上空散開的霧氣

我們騎車去午餐，經過教堂
的尖頂，那不是我曾試想過的圖景：
被氣球牽引的花園，會轉向我們

太陽本身如此黯淡，而鳥
在眼睛裡擠成一截樹枝。微微的波濤
樓梯口就是堤岸，無人的海灘

祖母回到她身體的內部，在山坡的
後面，雨滴落的聲音，像
即將在手掌上，裂開胸腔的豆莢

我們都不完美，但也從未靜止
從未停下來，面對障礙和燈火的管制
往那些冷冷的脊背上，

雕刻被責難、被檢舉的禱文。
只是每個物體都將指向一個空間，
只是明亮已經無法讓我在跑動中入睡

生長出來的語法，有三個音節
而我的椅子彷彿長久的獻身，在關上
門的時候，你從遠處觸及我

2010.11.8

夢的研討

　　致某

親愛的，會有那麼一天
看到人流擠出這座巨大的院子
像幸福的牛奶
沖潰舌尖上埋伏的花朵
我想告訴你，我愛上別人了

別人也曾與別人海誓山盟
別人也曾在黑暗中與別人相擁
別人的世界裡，除了藤蔓，就是
潦草的瓜果。別人在人群中，突然對我
說：你愛我嗎

我能說什麼呢，言語的輕，
就像在風中隱匿的螞蟻，緩慢的
屋頂上，我們註定不曾在意那麼多
阻礙，也不曾用蠟燭照耀過
光的爬行

而雲在午後堆了起來，
接著，便會有雨水和捲曲的天鵝
在日常的風景中，我們觸摸到了
某粒紐扣，但是未及漆完鬆動的大樓
未及解下瓶子上黑色的緞帶

所有植物都保有生命，就像
所有牆，都在為掛鐘敞開身體

而我不想成為沸騰的礦井
不想成為彗星的尾巴上所拖帶的花園
在屈從中間，我有更多荒謬可笑
的孤獨的力量

此刻，塗抹一把椅子，在名字的
錯誤拼寫中，我修正一個單詞，
但反方向的身體，
一半已置身於結痂的月光，一半
仍在遲疑。
或者，就讓我稍加想想
想想如何橫過前面，如此入戲的街道

2010.11.11

對大地的觀察

這個冬天日益清癯，穿過陡坡下的隧道，
光的那頭，河流像伐倒的樹幹
我們什麼都沒有聽到，
就像長久以來，我們都是沿著牆
緩慢而行，路面的積雪，
已被人無數次修正，再沒有別的事物
能在灰色的鐘之下，
長出細草一般的裂縫，長出
與星辰對應的船尾和稠密的寧靜

太陽的巢穴，越來越遠
每次懷疑，風都從側面吹拂我們
被看見的，在體內，並不清晰，
沉默不語的，也並非在用手掌拍打著自己
或許，我們只能從死者的頭骨中，
探測到生者的心跳，而眺望，
只是遠處的一片蘆葦，它密密麻麻地
連著堤岸，連著橋樑的沉落
但是無法讓我相信
夜是狂野的、真理有火焰的香味

2010.11.17

睡蓮

我感到有人已經死去，在我的身體裡
接著，便是我捲入自己。
當然這並非緊迫，耳朵深處的
按鈕，也並非已經像陌生的樹木一樣升起
大路上仰面朝天的人，眼睛裡
浮出鐘錶和羅盤，從新角度
觀察我們生活過的房子，已不再會有
春天的警報，催促我們快速衝下模糊的樓梯
就像在無數巨大而神祕的事物之間，
我們只是偶然碰落了岩石粗糙的表皮
而你就將首先死去，在我的覆蓋中，在我
收集的櫻桃樹枝裡，你已經一個人
走了很久，片刻的停頓都意味著一種誹謗
心靈的彎曲，恰如不斷錯開的詩節
你從死開始誕生，我從孤獨中逐漸堆積
更多、更適合吞咽的沙礫
如果還有鎖可以開啓，或許並非借助毀壞
被刪除的蝴蝶，在田野裡靜靜蹲伏
雨臨近我們相遇的地方，卻不曾有人
從池塘上方，用垂直的目光俯看我們

2010.11.22

郊區

在旅館黑暗的床上，我們被抬著，穿過門廊
聽見枝條勾拉衣角，發光的腳印
被分割成最細小的沙粒，接著枯草的莖稈
並不清脆地折斷，彷彿泉水緩慢的遲疑。
但我知道，我們已經到達眾人的腹地，
狹長的水道，被灌木疏散，警醒的野鴨
撲騰著，潛入草叢深處，而狐狸
早尾隨夜行人的蹤跡，進入城市的預兆，
誰在說話，誰就在被偷聽，然後它將
轉換成沙啞的嗓音，隨意塗抹在泥塘的邊沿。
建築物艱難劃動，魚鰭拍打波浪的時候，
也將風變得幽暗。四下無人，白色的煙霧
替代了寒冷的火苗，雪是隕石的一部分，
餐盤裡落下大雁，也連通我們已讀透的河流。
或者，你在與星空的膠著中，發現我們並無
發問的權力，只要在泥沼中看見一個人，
你就將看見所有人。他們在泥土中鬆動，
將月亮表面的東西，都插種在波浪的尖上。
而我還躺在一張床上，白鷺捕獲的魚群
此刻都堆積在我的脂肪裡。我每一次想
觸碰你的手指，一條魚就躍起來，但在江灣
的上空，我感覺，借助別人仍舊無法飛翔

2010.11.25

傳單

天空並不明朗，鯨魚
伏在泥濘的雲團之中。它並非停泊，
在少女的餐盤之外，它夢見的
暗示多過向上捲曲的海岸。所有
的靜止都在動，所有的安靜
都只是一場風暴最為短暫的切片。

甲板上，站滿了人。
結局末尾的樹，像一頂羊毛帽子。
檢修身體內的省份與國家，
起飛似乎簡單，而必要的鳥群卻
遠未誕生。如果還缺少遭受，
那我們便不會是密閉的傢俱，不會
是一切的收據和不完整的火焰

難以敘述的事物，也難以在水中
顯現自己。在夢中，沾滿黏液的手，
也高高舉起旗幟。只是，在如此
幽暗、冒煙的世界中，除了毫無倦意，
我們還能有怎樣辨清的力量。
發綠的月光，在腳下吱呀作響，
穿過針眼的橋樑，再無法到達對岸

2010.12.1

郵差

致賈子昂

被落葉的聲音洗滌了一個整夜，鼻翼兩側
被慢慢削薄，大概現出了梧桐樹的根莖，
以及，在泥土中奔跑不息的馬。或者
我們都不曾如此地光鮮，不曾被屋外光的
閃耀，驅趕到飄蕩著赤裸的睡夢的大街上。
最渺小的事物，對應著最簡潔的詮釋，
修辭似乎已毫無用處，那麼，就不是葡萄
而是鐘聲在石板上攀援。狠狠朝我們揮手的人，
在等列車最後的駛過：時間現出深透的劃痕，
也像一堆被仔細咬齧過的玉米。塵土比風
擁有更輕的肋骨，將生命獻出來的詞彙，
甚至充滿詩意，甚至可以否定我們就是開花
的金子本身。但重物就在黑暗中停泊，
垂下目光的人，無不知曉瓷器裡的祕密。
花園劃過一道優雅的波浪，我們辨認出
掛滿冰稜的椅子，也在等待唱空的鳥兒死去，
拾撿它腹腔裡留下的窗戶、人行橫道、
閃耀著火花的電車，也等待寒意侵蝕掉所有
的虛構與隱喻。但以麻袋現身的事物，也
可以在臉龐加上美麗的鬍子。在邏輯之中，
一切都已被整齊地擺放，光滑，稜角分明。
只有油漆的苦味，象徵我們已經沉沒，
無數人不是在等待被叫醒，而是被打開。
現在，清晨，如果你發現果實還懸在樹上，
雨只是一則新聞的標題，那麼我們已無節日

的朗讀，雪冷冷地趴在鎖孔的曲線裡，
從門外一眼就能看見，我們床上黑色的草地

2010.12.8

國界

順著牆，就摸到了經文，
理所當然，該在秋天裡默誦一遍。

輕巧的，就重回枝頭，
如勞作的，就加入銅綠色的泥土。

萬物都有精細的輪廓，石頭
是收緊的通道，芒刺多於滾燙的

月光。而我們在水面停頓，
波浪正從反面，堆起更高的積雪。

它的附近，魚雷，像羅盤上
不斷疊加的胎記。太多的林木，

熄滅在引擎的下方，洗得蒼白
的魚群，安靜守在斑馬線的一側。

紅燈，加速地平線的捲曲，
供給生者的船隻，如陸上的鷗鳥。

啄食櫻桃的喙骨，也敲響天空，
鬧鐘不止，有麵包屑，簌簌下落。

2010.12.14

教給愛人的語法

清晰可見的事物在閃耀，
也在隱蔽
需要我們回憶的，僅僅是
阿多尼斯從身體裡衝出來
撞在對面的牆上
草叢裡彌漫著他黑色的血絲
我們翻開一道門
將更長的根系，布置到音樂中去
凌晨的月亮，像精斑
我們年輕，便想
移居到開足了燈的飛碟裡去
夢更加生動，在別人的臉上
蜂群包圍了這座鎮子，我們也
將駭人聽聞的擁抱
通過枝條，蔓延到爐火的邊上
很多的房子被凝固
劃開被鎖住的纖維，需要
密碼，也需要沉默
我的泳姿三年來，有不小進步
但我不知道在出風口的
盡頭，毫無希望的人，
將首先是被馬達的啟動聲打擾
還是被迅速吸收

2010.12.29

默默奔跑時的手勢

那些奇異的黃昏在撤退，樹木的邊緣
像修剪整齊的魚鰭。當白熱在慢慢堆積，
雲層不僅濃重塗抹，也悄然地下落。
餐盤裡的骨頭，藏有番茄醬的味道，
大蒜的空心裡灌滿了露珠。還有
鴿子的鳴叫，已經無法收回，發光的
舌頭上，正好有無數人在赤腳奔跑。
遠處，山在傳遞斑駁的野獸，同種糾正
讓不同的人，分享同一種沙啞的顫抖。
如果停止了，絕不是黃金在水面上遊動，
而是我們點著了草葉，或者就是我們
嘶嘶作響地穿過了波浪。月亮是黏
上去的，寒冷裡混合了一些醒來的人。
再遠一些，興許濃密的穀物會緩慢一點
衰老，生活的片段也會不借助裝扮
向我們走近。然而，電纜已甩向了地面，
拱出泥土的蘑菇，是雨滴包裹的老虎。
此刻，它對風景吼叫了什麼，我們就要
在生者與死者之間接受什麼。那些
越來越黑的鐵軌，在海灘上生銹的沙礫，
或者一隻野豬吹響的口風琴。接著，
白晝將會變長，貓立在交通燈前，數著
斑馬的勳章。我們展開被丟棄的塑膠瓶，
看上面的地平線，像一把沸騰的眉毛。

2011.1.1

離席

我們在流星裡安置自己，白色的頭髮
堅硬的岩石。在夜空的某個角落，
往木盆裡盛滿水，就是月亮。圍繞著
這些塵世之上的漂浮物，酒不是被啜飲，
而是有一條大河直接與胃部相連。
沙石在發酵，風暴裡裹著糯香。我們
也迅速地朝對岸擺渡，而洗過的愛人，
總是會清新淡雅地，捲土重來。
這些意味都如此深長，彷彿我們
不可能在一架吊燈上孤懸，而是有更多
比喻已經在猜測我們的年齡。一棵樹
是一個漂流瓶，一種召喚對應一生中
最空白的一次走動。我們永不再來，
但像細雨增加了肉身的修飾，我們在
隨意之處，帶最少的匿名者一同逃亡。

2010.1.13

失物認領

黃昏下起了貓頭鷹，密密麻麻地落在屋頂上。
往爐灶裡添加柴火的人，偶然會停下來，
聽鈍重的天氣，壓在杉樹皮上發出碎響。
外祖母帶著藍煙走過廳堂，朝一窩驕傲的白鵝，
扔下一堆發黑的銀幣。她扮演了我需要的角色。
我需要一位從城裡嫁到鄉下的少婦，她二婚，
也許還該有過一個牙牙學語的孩子，但不得不
為了新丈夫而骨肉分離。我還需要她沒有小腳，
她走過田埂的時候，會迅速地掠過稻禾的光脊，
像一條母狼竄出了銘文，正得意洋洋地折返
擠滿了嚎叫的巢穴。她還得有一個曾相依為命
的兄弟，現在他就坐在廳堂裡，搖搖晃晃地
喝著悶酒。他翻過多座大山，沿著別人的田地
走了很久，終於一屁股坐到了一根雞腿的面前。
但淚水湮濕了他稀薄發黃的面龐，受驚的眼睛，
明顯布滿了裂紋。屋外的紙錢依然焚燒得熱烈，
火光的上空，他看見父親、母親，還有更多的
結霜的亡靈，正在向他伸出細如草根的雙手。
金元寶和紙房子，像花粉一樣黏附在雪花上，
河水如同另一把火焰，塗抹在村外的溝壑之間。
它與村莊隔著稻田，隔著炮竹的鈍響，也隔著
蜿蜒著向天空不斷攀爬的小路。身材並不高大，
但是眉毛粗壯的男人，扛著鋤頭，披著蓑衣，
用走走停停的目光，制伏著霧中彌漫的一切。
多日的稻田留下了整齊的稻茬，它們的身體裡
還保有濃重的血的芳香。八月是一場謀殺，
男人的鐮刀寓意豐富。在深夜裡，如果床邊有
什麼移動，那定是還有未曾落入打穀機的同類，

來索取頭顱或者復活的解藥。但命運將在春天
犁開深深的口子，透出猩紅的纖維。然後月亮
將在空無一人的野地裡，肆無忌憚地吹響它
高高的口哨。男人蹲下來，蜷縮在一隻麂的
蹄印裡，抽煙。火光中，世界早設置無數障礙，
但也有小小的輕易就可以開啟的機關。兒子是
第一個。忘記了他是如何滾落到床底，大大的
頭，碰得瓦缸咚咚響、哇哇哭，叫聲像油燈裡
濺入水珠。打牌的人甩下桌子，看見他將一把
豬油往臉上厚厚地塗抹。這個孩子不緊不慢長到
十二歲，另一個才出生。他背著她衝出成人的
包圍，上山下河，採蕨菜，偷冬筍，並用粗大
的碗，去接母親腰間的巨瘡溢出來的涓涓細流。
黑黝黝的碗，像運量船人的一艘小舟。那個夏天
現在已經變成了石頭，石頭上又長滿了青苔，
多少隨火苗直立的往事倚賴於上面那些獾的牙印，
多少偽裝過的戰慄，在碗邊緣結成湧動的露珠。
女人在櫥櫃的最高處藏了一個紅薯，燒焦的皮上
還裹著火塘灰，或者還有嘶嘶的聲響，彷彿蛇
等著像魚雷一樣發射。最小的孩子拾豬草回來，
狼吞虎咽完一碗混糠的米飯，仍沒有尋到時常
哼唱的兒歌裡該有的曲調。等大孩子倚著牆走
出家門，女人轉身將紅薯塞進最小孩子的懷裡。
一隻滾燙的兔子，一堆活蹦亂跳的青蛙，爆裂的
豆莢。我母親，將它塞進胃裡，家裡變得安靜，
但體內的喧嘩，只是一場極其短暫的暴亂。很快，
平靜、虛幻、野獸的氣味，沿著食道迅速上升。
一天不曾進食的女人躺在床上，竟無法沉沉昏睡。
雨後菜地裡，冒出了一朵蘑菇，還小，像最小的
波浪，湧動在泥土的表面。她用樹枝、草小心地
蓋住它，僵硬地等著隱祕的山坡上，傘一朵一朵

地撐開。過幾天，燕子將出現在孩子們的面前，
一鍋野味將像一場動員。在熱氣上空，將會出現
飛機的引擎，所有美麗的事物都集中在觸手可及
的地方，像島嶼，也像鯨魚的脊背。就在這樣
蛾子匍匐著爬過窗臺的下午，牛正悠閒地吃草。
卑賤的食物，往往哺育了最粗壯的事物，唾手
可得的陽光，不僅讓牛的頭皮漸漸發麻。只是
鋤頭開始在它身邊挖掘，閃耀的鐵，往下帶入
狗的吠叫。再往下，會不會是發酸的地窖，或者
就是一塊麵包。戴紅袖章的手終於停下來，敞開
的胸膛露出雜的和聲。牛圈裡，並沒有找到那把
槍。在子彈的盡頭，沒有塑像，也沒有可以吹滅
的煙霧。一家人躲在重新聚起來的失敗者的背後，
他們蒼涼的身影，是一場悲劇中最小的一份拷貝。
讀過私塾並與前朝縣長熟識的男人書寫了春聯，
接連出生的一個女孩和兩個男孩，把在門柄上的
小手像畫上去的一般。紮粗辮子的姐姐帶著妹妹，
以及他們的小劇團，挨村挨村地去唱紅色的大戲。
三十年後，京劇的唱腔，終於在一個人打開卡拉
OK的時候，猛然在你的喉嚨裡醒來。你打開酒瓶，
責難丈夫和孩子。你知道，在酒瓶黑洞洞的深處，
比記憶更大的東西，是開場的鑼聲，比鑼聲更大的
東西，是自己拈著白手絹的手。可這雙手已被什麼
啄食過了，籠子裡的畫眉，還是在砧板上舒展開
四肢的蟑螂。丈夫細微的呼吸聲，你能輕易辨認。
與你生活了三十年，俯臥的睡者轉動著轟隆作響
的身體。他本可以飛黃騰達，用脫韁的轎車載著
這些農家的兒女奔向那些即將傾頹的屋舍。或者，
那些甜言蜜語的嘴唇將吹向我們，綠葉像春天的
表面沸騰的骨頭，而焦慮的生活首先將被限制，
然後將被徹底剔除。但是正在酒中熄滅燈光、卻

並不靜止的男人，曾將火車急停在溪水的底部。
每條魚都像一條通道，每一種運動都像無限敞開
的邊界。不可描述的恐懼，從沉默中被打撈出來，
它晾曬在男人兒子面前的時候，蜜蜂正在記錄
一個時代的密碼。對照世俗的法令，那些醒著的
人情願在酒精裡蹲伏，或者就在一場會議的主席臺
上呼呼大睡。他還常在飯局上睡著，兒子沿襲了
他的基因。他兒子此刻的嗓音是灰白的，他敲擊
文字的動作，像在起伏不平的石頭中間，慢慢爬行。
他的外祖父，多年前一次從田埂上回去，就病倒，
鎮上的醫院拖延了昆蟲的進程，但他終被一把
長椅抬著準備回家去等油一點點耗盡。途中忽然
遇到一位老者，他扯過一把野草塞進他的嘴裡，
並且叫他回去熬汁飲用。低伏於地府門口的他
志忑地從如所言，卻不想一個安穩覺活到了現在。
九十二歲的外祖父和八十八歲的他的女人，今年
已在城裡盤旋了十四年，卻幾乎沒出門去看過
柏油路上搖曳的汽車，沒有聽過薄薄的牆裡面
發出積雪的尖叫。垂垂老妻與他的世界在客廳裡。
他們在電視機的外面躲避過美國人扔過來的炸彈，
他們為毛主席有力地朝他們揮動帽子而激動萬分，
他們問蔣介石是否還會從臺灣殺回來，他們也
知道鄧小平、江澤民，會說六十歲的胡錦濤真是
年輕。大兒子在林場意外做了警察，妻子早逝，
後有續弦，但也兒孫滿堂。大女兒的兒子是族裡
第一個大學生，讀研究生，留校，而她退休後
決定專門去照顧父母。二女兒是一個有菩薩心腸、
將農民視為親人一般看待、穿著時尚的中年女人。
二兒子有一個乖巧的兒子，四歲就知道玩電腦，
三兒子的家還在那個小山村，他當了村長，又
建了新房，有一雙兒女，正準備移家到城裡來。

他們的舊居上，今晚落滿了貓頭鷹，沒有厄運
降臨，也沒有太多的祝福停靠在陌生人的頭頂。
空空的稻田，多水像一層遮蔽，也像厚厚的棉被，
將所有想在田埂邊取暖的人，都悄悄地召攏來。

2011.1.6

夜行車

貓蹲踞在水杯的岩上，灰色的梧桐樹
稀疏可見。它們是交媾的火苗，是
這個世界不斷生長和劈啪作響的裂紋。

我忘記了父親的修辭，他的邏輯
被反覆灌醉。葉子翻滾下來，不能說出的
如同拆散的心跳和慣於搏鬥的綿羊

倉皇趕來愛我的人，向後劃動草尖上
的波浪。所有的生死愛戀，似乎
都受制或者得益於一帖陡峭的偏方

爐火裡有小丘、山林、灌滿水的鷹的
墓穴，隔著鐵絲網，乾瘦的冬天顯得俐落
也像敞開院門但往鐮刀深處收緊的乳房

或許受到慈恵，風變得泥濘而且擁擠
天鵝尾隨桃花起伏，更多飛禽降落
翻開米粒，拾撿骨頭，被日光靜靜淋黑

2011.2.21

潛行十公里

我預料，雪下得將比現在更為流暢，它不會
在剪刀下消失，也不會在獵人的槍洞裡
獨自穿越葡萄園的邊界。在它經過城鎮時候，
或許會隨著一座房子巨大的帷幕慢慢垂下。
我就在漆黑的河岸等它慢慢地，相對孤獨地
往我手裡塞入硬幣。有些人已經進門，但他
還沒有回家。車輛停靠的地方，惴惴不安的
鏡頭隱晦而意味深長。他的美，不僅經過運動
還經過細心的安排。解除禁閉的鳥在黃昏
像寄居旅館的戀人，越是偏僻的所在，越有
傾頹的建築物讓人不堪忍受。講述者未必
能揮散桑樹林上空的霧氣，明黃色的月亮
像凍結的牛油，我們都理解自己的痛苦，卻
未必會在初春的天氣裡，伸手，將鐘盤撥慢

2011.3.17

對晚春的有限速寫

越來越急，月亮被沖出很遠，
樹林與樹林交叉在一起，
雲朵露出大塊的黑色根莖。我們試圖說
出什麼，這既非旅行，也非憎恨所能
到達的投影。田野之中，此刻所有的蹲伏
都意味著一種往天空深處的彈射。
有人註定死於不朽，就像我註定要
死於虛空與熟睡。雪中的老虎甩開矮松，
隱蔽的光線從隆起的地方開始坍塌。
草叢低伏又深邃，如同事物的狀態
隱晦又驟然多變。而細密的果實包藏了
鳥的骨骸，更多星辰，則將是岩石上
被打翻的墨汁。我們從未真正存在過，
因為迷路的人從未到達林間的空地。
銀子化為氣泡，也能成為一把在詩歌裡
奔跑的小刀。那些閃耀的脊背，在彌漫的
霧氣中小心摸索，並且變得清澈、透明。
看起來，似乎我們已經做好了準備，
我們已經轉動開頭顱，將叫喊像一把
天線，伸進臨近祕密的裂縫。我想，
只需剝開嫩枝，溪水很快便會升起來。

2011.4.19

明信投遞

致YPM

從出口悄然折回，在看見水仙之前，已有人
在清點泥沙的數目。地球註定被當作一顆孤獨的
松果，游擊隊瞬間就消失在電熨斗的下面。

而詩歌是一種對普通人的判決，是臨時加印的
鼓點，稀落地夾帶在詞語的縫隙裡，即便手指之間
生出嫩芽，槍聲猶如一把不小心被折斷的鐵釘

毋需注釋的秋天，穿過濃密的樹林，蝙蝠
修長的制服有全新的下擺。一杯小酒過後，換枝筆，
我們大概就可以探討更輕佻的骨頭，更僵直的

大壩。或者背叛只是絢麗的陀螺，在黃昏側起
身體，如同鳥的世界裡緩慢的交通。但於我而言，
重要的，並非玻璃螢幕上映照出的微妙的身份，

並非從鏡子裡得到的翕動的嘴唇。那些鬍鬚
已微微泛黃，火苗彷彿突然而至的異鄉人，打開門
它若無其事地，靠近所有光潔事物漆黑的表面

2011.4.26

未經公開的夏日傳奇

從稻田的另一邊走過去，太陽湧動出
月亮型的缺口。令人愉悅的朗誦，先需設置
一個光線逐漸懶散的下午。為防止人與遠處
的人靠得太近，風爬上芭蕉高高的葉子，
橋墩上，生出兩把來不及塗漆的桃木椅子。
也許，這都還不足夠。鯉魚洗完澡，跳上
漂浮的樹枝，掛起翠鳥的指環和水杉的
羽衣。天空的雲彷彿一種目的，不斷延長又
無限稀釋。誰都將不提供確切的時間與場景，
就像我們隨時都可能與任何岩石融為一體。
互補的感受短暫而令人混沌，炙熱的欲望
在植物的法令中，猶如凸出雨水的斑點。
或者我們就一如往常被點綴，微弱的形狀，
漫開成自我的流逝，像一束光反覆打在古舊
的波浪上。而如果有人一動不動地想驚起
對面佔據蘆葦叢的事物，那麼勾勒本身就是
在大地上修改一條河流的走向。那些淤泥
在微微的轟隆聲中，組成了它們最初的姿勢，
混合、猶豫不決，抓住一切，但某天借助
空蕩蕩的一枝蓮花，它們也可能快步向前，
逾牆而走。

2011.5.31

烏黑如瀝青的練習

致洛盞、顧不白、徐蕭

從一棵樹，踏上另一棵樹，
遭逢的月光有轍，有無數米粒般細小的
頓悟。醒來的憂傷，已無法平復，

如同所有果實，都包藏了鳥的骸骨。
只有霧氣中逐一飛來的房舍，在消音器裡，
整齊排列成，搖搖欲墜的豆莢。

那麼多既確定的又遊弋，既闊大的，
又如蜿蜒而不為人知的地形，山嶺傾覆
車軸，零碎的動作，猶似加倍的拒絕。

沒有人暗中運算，收集的木柴也非受到
波濤的限制，只是我們慢慢地
走到了一堆火的附近。輻射的光線

即便被無限剪輯，湧動的泥沙大概也會
以魚的巢穴，堆起在枝條的入口。我們從未
詢問，但是已經將夢想在擊打中耗費。

神祕的平靜，陪伴觸角的低垂，根系的
盡頭，河流被稀釋成蝌蚪狹長的尾擺，
而我們已在這裡，像蕨的胚胎側向天空捲曲

2011.7.4

被拖入田野的雙重景象

馬匹皆深入鏡中，熟悉的材料是
折損的青草與蹄印，它們
像一些短詩的誘因，
間或，會有銜著樹枝的小鳥
乾淨地落下

實際上，所有月亮都被吹得很遠
打滑的四肢，像坡道一般上升
池水，是天空傾倒的
部分，散開的荷花則更為
複雜和邪惡

然而似乎一切如此必要，死去的人
打磨著生者的聲線，湧入胸腔的
黃蜂足以替換一叢蘆葦。
天氣被波浪裂開，
黃昏中的郊區與橋樑，漸漸
輪廓清晰，細節分明

或者，它們只是被夢見，也只
被自己照亮。

2011.8.24

早上好，哦不，宿醉，亞寒帶

我的器官開始想念家鄉，它
擬定了一條路線，從身體裡脫離，
孤立的光澤，讓我想到了暴雨的來臨
想到了幻覺不斷在剃鬚刀的表面折斷
這樣的一生，已足夠平淡無奇，
不可預料的錯誤，註定像不折不饒的
我的情敵。那麼請合理地損壞我，
只要我還有力氣摀住火苗，
穿過所有人剩餘的吻，
只要我還能在腹中打撈盛滿肉桂的木船。
也許螺絲已經掉了一枚，世界由此就
散落一地，但我的夢裡構思了
一根樹枝，它往遠處延伸，
所有的鳥，都早早地飛去，為我
鋪好安睡的地窖。

2011.9.26

復旦游泳館夜觀天象

如果有鳥落下，觸碰到的樹木
或許也會淅瀝地滑下，天空裂開，
月光充滿辛辣的味道。更多的，
是一些零碎而生動的異域星球，
以熄滅自我的方式，從遠處起身。
波浪始終鋒利無比，山丘、峰巒
與飛碟，被劃出無數齊整的切面。
橋樑在湧動，風是被草葉點燃過
的鋸末，人類的變形全無章法，
猶如一種密閉的和聲。到達門口
的車燈爬滿水氣，彷彿事物的
結局在懸垂，也都已被重新建造。
我不曾看見一個人潛往孤立的
池底，水泥高臺急促密集的根鬚
像被迫直立的火苗。十月，猶可
赤足，銳利而直接，投進藤蔓
與藤蔓的黏連，而清冷的天氣
無疑是生活的倒退，使祕密變得
愈為寡淡，檢測內心力量的速度
需要穿過嘴巴與不斷坍塌的鼻樑。
而水面即將封閉，發白的髮辮如
醉酒後在沙灘上緊蹙衣裙的鷗群。
熟悉旗語的，已帶著鰓慢慢下沉
試圖躍起的，綠色的四肢如同
伸展開的十字街道。一切都會
還原，轉動就會聽到鎖孔的足音，
於雪中閃耀，定能察覺到靈魂在
野兔的懷中忐忑地撤離。此刻，

無人伏在池壁上，聽氣泡在石頭
內部回應。我們的身後，樓群
如同一片熟杏，燈火勞頓之處，
顯露出蜷縮著，被撬開的海濱。

2011.9.26

於秋日肇事的小愛戀

可是南方，我的去程已過半，
潮濕往事，如發燙的花果，越發
感受到幸福，就越發能察覺有人已與我永別。
妖嬈的聲音，需要更多吻來補救，
身體上湧動的山丘，裂開時，醜而溫煦。
或許，就該如此擁抱著，將大理石混進柚子茶，
將煙頭的火焰，削得執著又顯尖利，
甚至就失手打破釀酒的被窩，
跳出窗外去。
我無法形容漸淡的天色，
我無法越過你，去墮落，去狗尾巴草邊
的風裡，微微閃耀。

2011.10.19

悲傷的若無其事的歡愉

用放浪形骸，形容一隻未成年的翠鳥，
它駕駛扁舟，參加水邊的集市。
驕縱的食物中，有隱形的通道，
有萬事萬物悠長的倒影。
語言經過蕩亂，人類早已無法逐字地
被理解。我們被拆散，也淺淺地
被拋進河道。飄散的時光，
意味著我們與天空僅隔著薄薄的屋頂。
風向是另一面隔板，夜幕的零件
在叢林中散落。耳廓之內，寂靜深
不可測。漏斗不斷收緊，山峰、碎石
偷盜的技藝，果汁般瀝下。或者我們
都如同桌椅一般，倒掛在清冷的枝頭，
渙散的身體，露出無規則的鋸齒，
彷彿這不是聚會，也並非遊戲。只是
最易朽的，似乎也最易持久，如同最
迅疾的飛行，也最易被速度本身吸收。
秋日逐漸減弱，光的一半在行進中
發出剎車的聲音。世界一如盲目，
奔跑的四肢，劃響乾風銳利的邊沿。
我們不曾擁有過純澈的驕傲，斑駁
的幻覺在沉積中，消瘦，而又陡峭。
但眾人皆為隱匿之詩，無不像火一樣
倒下來，再沿著牆根，慢慢爬上去。

2011.11.8

亞細亞

想到中國的1911

紋身，哦，一種二進制的
木刻，其遮蔽的只是鳥的探險。

我們每天都更新小部分孤獨，
星辰也都將行進的姿勢，調整

成一輛無形而閃耀的列車。
而樹林只能選擇匍匐，散亂的

山峰，如同焚燒過的馬廄。
靈魂的讀音將我們全然耗費，

又取消與夢相遇。任何注解
都有反面的意義，任何神祕都

包裹了一層難以言說的悲傷。
發現寂靜的人在地面勾勒陰影，

他口袋裡裝滿木炭，肩胛骨
有意裁剪得，銳利並且妥當。

稻米像放大的光斑，風的滑動
帶動著高高的煙囪不斷慢下來

魔法之中，街道就是現實
發白的髮梢，身體如同一道

長出獠牙的弧線。我們註定
死去，也註定在險象環生之後，

成為母親的孤兒。

2011.11.11

葉家花園（一）

樹木往下，每行進一段，一個冬天就匆匆
在根部凝結。湖水幼蟲般懸垂，灰椋鳥的
叫聲在泥土深處，不得動彈。只有陌生人，
能在濃黑的質地裡，洗淨鞋底堅固的纖維。
香椿的味道尖細，足可以挑出眼尾的皺紋，
彷彿魚可跳出石鼓，勞作便是交換久已捲積
的力量。多年前，我們探測到彼此，邊緣
慢慢接續，沿著線縫，漫長的走廊傾漏出
紫色的陰影。我們以為令人愉悅的枝頭，
不僅可以摘下桑椹，甚至還可以模擬更多
偉大的內心。那些長久孤立的光澤，有著
一意孤行的美麗，彷彿生命就在互為背景
的完整中，變得銳利，並且獲取一種只默
許少數人在黑暗中，觀看一分鐘的魔法。
然而，穿過假山的時候，我們應該注意到
新鮮的舌頭爬滿露水，樹液乘著電梯上升，
月光不僅是厚厚的脂肪，也是無數被修剪
一新的鬍鬚。每天，都將是我們的餘生，
每天我們不動聲色。天線般伸展的四肢，
像山峰的枝節在拔高，像螢火蟲在折損了
光源後，打開備用引擎繼續飛行。松球的
滴落，有山梨的口感，變小的亭臺樓閣
在鬆動的意願之外，寂靜得像一棵栗樹的
巢穴。遠處，雙子樓倚著天空，劃動波浪，
睡蓮在醒來時，想把自己裝扮成一隻海豚。

2011.11.18

更為深刻的東西

生長是對稱的，毀滅也會
在另一處毀滅裡映照。

他們相遇，如此接近一種驕傲，
像一秒前還不被允許的聯想，

像從眼膜中衝出了無數飛機。
身體的滑翔，悠長而又綿密，

內心的順服，如同慵懶的鴉
從樹枝上，一朵朵，滴落。

課桌泛起天青色，蒸汽火車的
汽笛，隨著高聳的鼻翼翕合。

那黝黑的通道，閃耀的不僅
是曲折的地形，還有被竹林

遮掩的荒涼的庭院。白銀
製成的小刀呢，粗糙離奇的

事物中，藏著怎樣的一台
消聲器。樓道裡，陽光晃動

星星的骨骸，草的內耳藏有
來自牛腹深處噴湧的溫熱。

她覺得，陸地在被氣球抬升，
旋轉是靜止的，彩是狹隘的，

天空有不可忽視的起伏，
波浪無法再被輕而易舉地吹滅

甚至，她將肚臍視為身體上
最後一粒需要解開的紐扣。

她用力撕扯它。她從不示弱，
也從不霸道、蠻狠無理，

她只是，要完全地將自己
在他那張巨大的網上，

過濾一遍。她要輕輕地
輕輕地，成為他的一床殘渣。

2011.11.20

陰天去五角場

耀眼的靜物，有可旋轉的精妙處，
彷彿身體內還能提取一隻動物，
看不見，但它早已存在。
是它虛構了我，將我固定於一種精確。
我多餘的碎屑，展露在風中，
像一根根針。有人試圖點燃，或者
對著它最細小的入口，吹大。
但我已準備將自己慢慢
拆除。草地上的街道，頭髮僅僅是
一種劃痕，是鳥類稀疏的爪印
和翻牆而來的枯黃的藤蔓。
我們曾將所愛的日常之物，
均勻如蠟地塗抹在沙漏上，將踏響
的雪，當作行舟途中擊中湖面的山石。
那麼，此刻的忍受將是一場反光，
多景被借用到現實中來，出生地
更像一條無法再回復的通道。
愛多麼悲情，稻粒被混進風箱，
爐火的間歇裡，眉毛是兩把倖免的
灌木。即便聽見了脆裂的響聲，
我們還在向前移動飛機式
的鼻樑。探照燈將濃霧切割出
岩石的形狀，撲入河渠的木筏兜滿
銀杏的腐葉。我們無需解釋一切，
天空漸漸升高的海拔，與多日重合，
一些舊時光側身而過，將我們擦拭得
如初生的嬰兒，微微發藍。

2011.11.23

返鄉

1

故鄉是即興的，它被我們收集而來。
故鄉，凹凸不平。

2

勞作並非徒勞，
撫摸讓泥土的表面，泛起深淺不一的月光。

3

一灘水跡上的玩具鴨子，花鳥市場
像漫長的、空空的骨管

誰接收，又猶豫不決。

我不再擁有紅色的山峰，
風掃蕩過的牛羊，集中在煙袋的入口

4

火反覆清洗祖父腿上的泥點
兩種日落，交替流動

某個人過於明亮，稻床上，
劈啪聲，像隱形的船。它一旦拋錨
便無法再次捲起波浪

5

鄉村裁縫，如同臉上
布滿蛙斑的巡夜人，
尺子比向誰，誰的腰肢上
就搖搖晃晃地垂滿壁虎的吸盤。

朝我們走來的，都曾經活過
緩慢的光芒，將孩子
逼向一間潦草塗改而成的屋舍

6

記憶代表一個偶然的機會。

枇杷樹被當作嫁妝，其中的生長
一直難以言表。

如果只是揭開井蓋，去細聽水中
火車的運行，不僅有霧氣的反射，
還能生出細密、逶迤的馬群

清晰可見的寂靜，在半空
撬動寒冷的天氣，
蜂群是稀疏的火花，
是胸口越來越小、越來越
牢固的紐扣

7

擊打穀倉的女人
允許我記錄她最初隆起的腹部

通過她的手，我們相遇
我知道蓮花的傷口，俯視之處
魚像湧出水面的石頭

而積雪中，會有鳥落在死者的後面
人們並不尋找柴火，
他們只是不斷察看月亮那些
新鮮的裂痕。然後，將燈盞
夜復一夜地，遲遲點燃，又
早早，噗，吹滅

8

他沒有說話

除了銀鎖和手鐲，
還有事物在滑動，也在消隱

漆紅的火箱，意味著山鬼能控制
所有人內心的火勢。
越是幽暗的地方，越能
聽到陀螺，嘶嘶地響動。

木頭已生鏽，一生只願做孩子的人
在時間的等分中，掰開玉米的手臂

高高的紅鬚，空寂的低語
儘管如此，
儘管不可構想的，都將默默地
從坡地上降落

9

必須孤獨，
必須從非語言的世界裡來。

10

對於一條柔軟的水渠而言，
它並非可以折疊。

石灰是一把明晃晃的槍，是強盜
偷襲城寨時，半夜打漩的哨音

或者，那是我們在草叢中擊落彼此
將放大的時辰，投遞到河的對岸

如果可能，將道路也引過來
如果可能，將黑色的船殼就放置在我旅館的床上

11

有冠冕的植物，定會在雨中留下腳印
帶面具的麂子，定會把筆擱在一旁

沒有人注意萬事萬物都在重複，就像
地窖是一個浮在泥土上的水盆

亂石間的空地，比憂傷的馬戲團
更捕捉到一隻老虎猶豫不決的咒語

而它們都沒有注腳，
被刪除的，只會與樹木緊緊地扭在一起

12

書包裡的紅薯，在枝頭成熟
燈盞落下來的時候，燕子的新巢散發出
香椿的味道。

風始終黏在屋簷上，每個人的側影
卻並非凌亂。門把上的手，停頓下來，
吱呀吱呀的縫紉機，像更長更遠的水車

整座房子都曾被蟋蟀佔領，一把火，
殘破的桌椅和老人，就是剩下的灰燼。

而夏天就是夏天，雨水
就是所有狂歡的肢體在瞬間熄滅。

13

雲是一種噴泉。

或者它是一些陳舊的遐想，一些
破損的小物件，被暴雨沖進了河道。

吞食它們的，必將再次回到天上。

而我只想給予我無法給予的東西，
我想，在著陸時，我
應該從斧子下，搶出所有米粒

14

至少，那所學校還能露出它
殘缺的牙齒
操場，像舔盡光芒的舌頭
梧桐樹漸漸鬆動

還有人走過乒乓球台，那圓圓的
幼年月亮的墓地。
挖開泥土，有飛艇在膨脹

它微小的動力，將使它再度像一顆
發光的行星，升起，然後
被晨光抹去

15

在所有手稿中，父親都將處於結局
整整的一生，你需要捕捉

他並非妄自菲薄，也並非像空杯裡
所殘留的酒的泡沫

所有開闊都接近宏大的建築，所有
的天空都無法流入全部的痛苦和歡樂

螞蟻也許是偽裝後蹣跚的子彈，鳥群
從遠處開啓，要可以迅速被光溶化。

吹動，一切都如此透徹

16

寫作到達不了故鄉。

2011.11.28

射手座

給T

慢跑，偶爾成為一種特權。
我只關心右耳，
運魚的卡車留下三條玉米，
洗完冷水澡，每次都覺得醉意未消

鍾愛多麼愚蠢的人，找一間
更大的廚房，來承擔
我在你世界裡的最後一周。
很薄的慌張，秋天的菠菜泛著鐵鏽

盤旋一會，就該下來，
小宇宙往西北挪動幾釐米，褐色的
哈欠，與微波爐連線對齊。想來
也並不昏暗，和認出對方時一樣

最美的詞是，「啊，蒼老」，
最好的事情，是麵包浮在了果醬上。
九個故事都很好，夜晚沁人心脾，
光線的靜止，讓磁帶沙沙地，走著

其實，秒針並不指向我。
每個睡覺時不知該把手放在哪的人，
最後都放在了褶部。
冬天來了，至此而雪盛也。

2011.12.13

稻草拖拉機

通過時間來計算我。我將天空關上，
樹林便暗了下來。
有雪的時候，玻璃壓低煙囪的飛行，
中心打開探照燈的波浪，不便
直接從凍僵的臉上卸下來。而一旦
接通電源，冷凍層的草地就變為枯黃，
露珠蓋住過時的帽子，平底鍋裡
不斷翻動櫻桃，讓火苗加速的按鈕，
彷彿一排細密地滲出毛孔的水雷。
我不愛那些聚會，出生並非就是
誕生，幸福於我，也並非勢不可擋。
我知道，沒有清晨不會被牙刷
所撬動，沒有遲來的驕傲可以移除
舊的一天。就像刮眼眶的動作，
更像我在執行完全脫除自己的指令，
借助噴嚏帶來的發動，我曾確切地
想像被盤旋的鳥，俐落地銜在嘴裡。
即便身體裡還有更多人無常出入，
陰冷的天氣，依舊是一些片段與
滑膩的語誤。發酵的太陽，像黏在
地平線上的米粒，電梯門開合的
空檔，瓶塞嘭嘭嘭，像暴怒著解開
衣領的木樁。手臂伸展得越懇切，
橋越往水下沉沒。再一分鐘過去，
床飄起來，黃昏減弱為一堆錯別字，
我們在強光前瞇起的眼睛，像極了
刮雨器上那兩粒不斷鬆動的螺母。
前面路漸稀疏，霜落在寬長山坡上，

我想著把房屋和樹木都注滿推進劑，
然後，再把月球粉刷一新。

2011.12.29

冬日私人通告

雪是一種醉感，悉悉索索
狗翻動草叢的聲音。
惶然時，
聽地心的引力拉動
所有的情感，
都朝向陌生房間裡的
陌生人。

我對需要與人合作的事情，
都已經沒有興趣。

羞怯的太陽是重心往上的合集，
而我屬於劈啪作響的
例外。

脫下衣服，明麗的木屑成為麋鹿的食料，
少點，再冷一些，
做好準備，將時間往
一意孤行的方向，
撥快一點。

早晨發散的微光，總是精確和美好，
雙腳擱在潔白的被單上，像魚鰭劃動
簡單的小情歌。
在別人發現之前，我將
原地不動。

桌子上方滲下濃霧，
吊燈是樹木內壁的凸起，可測量水域寬度的
勺子，
也可以乾淨地清理牙齒之間淤青的語言。

土星太高，憂鬱的臉近一點，
鐘錶都是繪出來的，控制
記憶的速度，

將所有空曠的車廂都往同一片石頭裡滾動。

我好像從未介意白天過於漫長，
我似乎始終
幽幽地
把玩著
那些抽象的煙圈。
索道的滑輪上上下下，
而我僅有一次機會。

不奔跑，也不蒼老。眉毛像一把鬆開的
黑色繃帶，
平靜而寬廣的湖面上，
冰裂像皺的白褲子，
深深
探入了脖頸的鷺鳥，
在水下
隱藏著

不失分寸的笑容。

2011.12.31

寫詩

贈禹磊

允許木樁傾斜，允許它抬高
所有天空。鉛筆以麥稈的姿態，
從中間折斷，圖畫裡湧出的山丘，
還帶著飛碟的碎屑。玻璃是霧氣
在牆上結成了冰稜，樹木往我們
的方向奔跑一會，車輪就會減速，
只要伸手，雲就一層層剝落下來。
草地蛻皮，魚咬住浪尖，泥澤與
狸藻，混合成雪的味道。驚叫的
得迅速安靜些，雨中機關密布，
竹鼠的尾巴是探出地面的引信，
露珠是閃耀又長滿絨毛的門鈴。
不必擔心忍受，我們只是莎草
的根莖。最深的陽光靠在輪椅上，
乾癟的氣球，有著攝影機般的
外殼。而手臂的弧線，似可無限
延長，漸增漸高的路景意味著
陌生即是重新發現，是天光愈淡
的時刻，關閉齊整的、將火車
調換頻道的寧靜。此刻，月亮
已充盈，剩餘的星辰正有序地
被下載，鳥的轉彎，將耗費最後
一升汽油。如果醒來是件多麼
嚴肅的事情，我願意將睡眠

設置得殘破、陰冷又古老，我願
灰濛濛的電閘可以拆除，而光線
能輕易在夢想中，安裝。

2012.2.6

憶故人

哭得真醜，貓們皺著鼻子。
不遠處的兩棟屋子，清晨六點就能看到
大片整齊的植物醒來，菜市場開始
忙碌，所有生活都從樓背面凹進去。
雪並不急於蓬亂，鐵壺冒出的熱氣裡
隱隱地，晃悠著景山對面傳來的鐘聲

故人寓居在京城，在介詞與名詞之間
厚厚的被褥，遮蓋受涼的身體，
樹枝間湧出鳥的花園，咳嗽不斷加速
鼓風機的手柄。用力抖動，滿地是松鼠
扔下的枯萎的椅子。隔夜的夢冷卻時
除了塌陷，還繁茂地生出些新鮮的鐵鏽

更多的響動鑲嵌在耳內羅盤的表面。
棉鞋沿著虛弱的光線，一腳踏空，
螺旋形的鴿哨，彷彿脫離倉庫的封條。
街道的清掃，意味著時光暫停，任臃腫
的身體被寒風漸漸剔亮，而皮球從
對面滾過來，一顆黏滿了泥土的牛奶糖。

終於我想說，我們能夠表達最單純的
快樂了，終於，可以在無數阻隔中，
若無其事地托住星辰最粗勒的那一面。
其實除了彷彿是什麼，我們什麼都不是，
除了陀螺像旋轉的卡車，歲末，我們
又一次，轉到了國子監、雍和宮的近處。

再不能踩著高蹺，去掀動那些舊屋頂，
也不能安排公雞端坐暖氣片上打鳴。
此刻，南方的氣候在排除多天的雜質，
春天的豁口，像釘子與木板的抵消。
到安定門，我就想掀開草地，往內跳傘，
這並非因為我已辨清桃花是夜半的斗笠，
繞過水塘，便遊出了停擺的枝條。

而是因為，我已懂得如何在皺紋中安頓
心跳，在鏡框中，保持穀殼的透亮。

2012.2.16

單曲，以及時局

致Q

春天，每個家庭的命運都將好轉，飛機
在柳葉上滑行，行李如海水，堵在雲的
入口。小旅館的床上，積雪現出身體的
痕跡，松鼠腳蹬銀白色小靴，奮力向上
攀爬。最初的演奏，如同傘在另一把傘
之上，猛然打開。天王星縮成小顆粒的
餅乾，畫閃電的人通過進食，改變胸腔
的顏色，間或綿密地撒上草籽，在向陽
的風坡上傾倒膠狀的雨滴。事物此刻都
聚集在卡車後備箱裡，需要排練與預演，
需要擺弄腔調與賭注。鱔魚將裹進木琴
的腹部，同義反覆的想像是舌尖上一平
方釐米替換草莓的石料。動物們的鬈髮，
仿若月亮的漩渦，蒙上眼睛，隨著平淡
無奇的節奏，聽火車開進密不透風的瓶
子中。乾燥的藥片，很輕，我喜歡易於
羞怯的物體，嫁接在旋轉的晾衣架上，
任琴音塗滿新鮮的泥土，被擊破的葡萄，
像騰出瓦斯氣味的噴泉。我的風格有待
修補，需要混合一些清規戒律，最好能
讓觀眾辨出我在幕布後面，焦慮地走動。
我漸已知曉，鳥是天空的介面，彩虹的
橋連通了坦克的練習。我需要保管自己
的睡眠，以便傾覆的時候，也允許潮汐
劃動島嶼的幅度更大一些。嚴肅的話題
被多數人縮短，調高的音訊像無數喉內

的凸起。如果我繼續強調自我在這首詩
中的存在，將凍醒的河流當作山脈尚未
完全截斷的延長，那麼此刻既非重演，
也非即興的試音。床是最好的短篇小說，
赭紅色的核桃在水下，輕緩地布設魚雷，
而我準備降低，透過鎖孔看太陽的遊行。

2012.3.4

葉家花園（二）

燈光慢起來，便徹底捉不到我們。
藏進假山裡，扶著下巴，繼續遲疑。

女孩的裙子有些舊了，發綠的地方
像整夜有人行跡匆匆。瀑布的反面

就是被隱瞞的河灘，亭臺樓閣漸漸
肥厚，花匠的小船在湖心長滿雜草。

咬破唇，也要高興起來。我保存的
食物不僅是一棵杏樹，還有在郊外

的土路上扭動的金屬車把。我接受
人與事都不斷旋轉，然後再度淡去。

我們將用敬語說話，接受完美就是
街兩邊的店都已關門，但還能看到

蛋糕的絨毛上，綴滿了欣喜的露珠。
當然一切似是而非，植物皆有速度，

還有雙重的背影。看不見彩色斑塊
像雀鳥一般離開山峰的線條，我亦

多為虛偽之景，如同自身的幻象而
內心顫動。現在，左耳通暢了起來，

藤繞的殘屋，與潛伏在池中的蟲鳴
在雨聲中有些腫脹。如果在此刻

安穩地伸長手臂，微小的明火或許
會讓我們嚐到小徑兩旁松枝的甜膩。

2012.3.2

旅程

早晨的雪，變得更為刺手。
上課鈴，像一種靜態的分泌物。中學
校舍，繞著球場，被均勻地剖開。

白日裡的燈泡，有夜晚的口音。
老師的臉上，布滿方格。昏睡猶如一道
柵欄，單瓣的花朵，唾液始終濃烈。

想到河灘邊的焰火，元宵節。
頭髮互相掩蓋，帽子來自進化的衝動，
風吹不落蜂群、在雙杆上擺動的身體。

火車，就是接下來我將要朗讀的句子。

我聽到精良的時間，充當了
有力的提醒。公路像裂縫，穿過
注滿水的稻田。被寒冷收攏的鐵橋保持
著與所有的神祕的平等關係。

而未來是藝術品。側立於詩歌之中
的電線，纏繞了我們在人與人的世界裡
所感受到的溫差。自行車塗滿防滑劑
依舊安靜地，停在樓前的空地上。

聽診器裡，蟬蛹露出靛青色的根莖，
每次停頓都意味著：呼嘯是一種倒立。

2012.3.7

情書

小人在窗臺上朝我射擊，
我迅速旋轉，潛進木頭的紋路。
身邊眞應帶著那個銀匣子，
裝上我的寶劍與鬆軟的泥土。
愛上寡婦的男人，去尋覓
當山賊的情敵，而我在草房裡
寫就了一部奇書。山巒
連綿起伏，野合絕對是對美
的補充。松樹無法遮掩
杜鵑的洶湧，因爲愛而到來
的厄運，不失爲幸福的乘法。
灰斑鳩引人去乞求運氣，
濃蔭深處的腰肢上，有小旗
的標記。收到書信時候，
我正在吞雲吐霧，手窩的
茶盞裡，蓮花的蕾活像波浪。
故事就此跳轉音調，每處標點
都是一段別離：慵懶的
馬車，穿過皺巴巴的田地，
樹木的對偶，更像文本炙熱
地交織。除了岩石，我將
無所獲益，也看淡懲罰。
微妙的示意之後，雞在桑顛
之上鳴叫不已。在我身後，
旅店的房間，窗明几淨。

2012.3.9

第三輯

新絕句

靜夜思

一些詞語是石頭，
一些詞語上長滿了青苔。

月亮在杯中，
我在月光之外。

2007.2.10

除夕前

月光在頭頂聚集，炮竹聲響。

空氣微震，煙塵浮動，掉下來一隻嶄新的繡花鞋。

另一隻在唐朝，

握著它，清瘦的男子沿著高牆，細細尋向月和柳梢間的
　空白。

2007.2.17

敬亭山

默默坐著，鳥的影子飛過
手掌。我們需要抬頭，

需要將眼睛變成湖水
上面，放養兩隻白天鵝

2007.4.19

Shooting Star

未經修繕，雨水落下凌晨三點的寫作，
另一個段落，我埋伏對話和講方言的犬聲。

孤獨的人衝到戲臺上，突兀凜冽，
一片虛影，我們何曾在紙上靠近過對方的身體？

2007.10.3

風景

致verlo

我夢見某處，風已經發生，無需太長的路途，
月光將使一叢梔子的陰影，變得潔淨。

是的，就是這樣，我在霧中等你，
我不介意參加完自己的葬禮，再步行回到這裡。

2007.10.5

市場經濟

致鄧小平

交換生活、鯉魚和鏡子
交換低矮的、需要革命的房子
交換時間和虛構的塵土
交換一枚，黑暗的詞

2007.10.6

鹽官鎮

致M.Y.

夜半，坐火車去觀潮，
光在水面運行，彷彿鱗片混合一些魚的叫喊。

逆游，它們要在月光下回到堤岸，不能
陷入水草，不能被一隻海蟹輕易就抓傷了靈魂。

2007.10.14

平安經

致中國

一串佛珠，
一隻彩色的老虎。

所有詞，都是粗暴的，
所有痛苦的，都如靜物。

2007.10.23

圖書館

兩個詞語之間,必隱匿著一隻受傷的螞蟻,
兩本書之間,必有一個死去的人。

我們習慣了反叛和謀殺,
我們習慣了在夜深人靜之時,爲生者舉行葬禮。

2007.11.5

鮮魚市場

魚案一米見方，
上面有朱小超的生活，也曾
停留過繞過他老婆頭頂的，一抹昏暗的陽光。
現在，老婆死了，蒼蠅成了天天等著他收攤的那個人。

2007.11.6

尤利西斯

附近狐狸很多，它們是叼著雪茄的偵探，
在堤岸上，憂鬱地抽煙，擔心一些死去的魚的靈魂就立在
　身後。

這大概就是生活，充滿畏懼，缺失情節，卻不斷接近本質，
並且有一些零星的月光，像黑暗中一支樂隊的演奏。

2007.12.23

悼念

之一

上帝啊，那些劣質的光，伸向水面，
溫順的水銀和安靜的蟾蜍，蜷縮在混濁的淚裡

是你選擇了一面鏡子，也是你
在破碎的山水之間，安排了這不遵命的風景。

之二

用低沉的喉音，讓樹木和燈在半空聚集，
讓長頸鹿、狒狒和年幼的孩子，成為黑暗的死敵。

我將蓄上鬍鬚，標記屋簷下剛剛消逝的春天，如果
月光迷人，相信你會在半夜從泥土裡爬到一棵樹末梢的
　　風裡。

2008.5.13-16

美人

致YL

一座正在誕生中的橋
荷在水面輕輕裂開，靈魂
一半向下，另一半早已觸碰到了遙遠的星辰。
有人必定常經過此處，他在幽暗的牆上，畫滿極輕、極輕的
　柳枝。

2008.7.28

我對民主的不滿

我對民主的不滿，就像
一隻蜂鳥遠遠地，盯上了一枚懷孕的漿果。

在回來的路上，你衝我大聲嚷嚷，我只是笑笑
我看見，天上有雲，水裡的魚把雲當作甜點或者晚餐。

2008.8.1

流水

之一

兩年前過孤山，
童者答：上有佛龕老屋，如此而已。

於是，看雲如水，水如雲
山分解風，風侵沒一排排柔軟的樹影。

之二

塔在遠處，青而澀
彷彿一枚漿果，無人觸碰，亦無法觸及

你擁緊我，聽舟中淺唱
荷花高過歌聲，歌聲高過你微微的唇印

之三

那，彷彿是遠事了，
新鳥築巢，人影錯落，波光像散開的裙

安靜的禱告並無佛祖細心回應，
道別，就是一點點死去。

之四

那一日，
秋氣高爽，湖光閱盡，再無他求

從孤山上下來，
有人輕輕抹去，手上並不存在的苔跡。

2008.10.12

南潯古鎮

她的身體，已經像梅乾菜裡混了一兩團肥肉，
但她在湖光橋影中，熟練地晃出三隻手指
然後，她退回桃花掩映的屋裡，不時空對著巷子
想著那些碎落在牆角的，白裡透紅、鮮嫩多汁的時節

2009.1.16

公園

她撫摸我的身體，起點開始於那支點燃的香煙，
十五分鐘後，她用力將它，熄滅。

我從嘴裡吐出一些含混不清的月光，
然後低頭，看身下疲憊的秋刀魚，是否還能順利地游回湖裡。

2009.1.30

重返狸貓坳

收割後的稻田反覆注滿冬水，
傷癒的白鷺，不再借用懸在門廳裡的簑衣。

天色昏暗，孩童倦乏，對面山頭上青色
的雪，此刻在灶膛裡，劈啪作響

2009.2.2

山水畫

紙上的桃花，有纖細的骨頭
越往河的上游去，越有波光粼粼的水聲

荒蕪的句式，野草掩映，
猶如駁雜的天空，被闖入者甩開長長的魚線

2009.3.26

單身女房客

屋子裡，榴槤味道像剛被剖開的一條魚
黑色鱗上，纏滿白色的引信

他的手離開樹幹和果實
刀輕輕擱在案幾上，柔軟地像一攤爛泥

2009.4.9

秩序

在鄉村的背後，我們讀驚駭的身體，
木頭裡存在的靈魂，交與歸途中的死者。

作為獎賞，波浪在樹尖上滴成金色的石頭，
塗黑的面孔像蝌蚪，一個夏天就化為淒厲的蛙聲。

2009.6.14

複數

我是薄光下，用月亮飼養的瓦罐，
我是我母親赤裸的絲綢花朵，

請用我比喻一隻黑鳥的暗部，
請用我消化沒有行跡卻構成巨大星球的石頭。

2009.6.14

狒狒

媽媽，我身體裡的一部分鼓聲丟失了，
所忽視的，像獅子一樣咬住了我

我是樹上的僧，是農人高高舉起的修辭，
所以，請它輕輕地，輕輕地吐出我的骨頭。

2009.6.25

馬克思

他自由了，像一隻瓢蟲，
從黏稠、冗長、彎曲的句子裡，搖搖晃晃地起飛

現在，他穿過集市，快步往空蕩的郊外走去，
他相信，世界是存在的，但只有在一棵樹下才能找到靈魂

2009.7.15

蘇州

將聲音折成一把椅子
山水在鼻尖上倒立

雨來的緩了，
一些鴨子，已游出生活之外

2009.9.7

安息

時光從桌面湧現
在泥土上畫上泥土的芬芳

我和你，作爲一個單數
月亮作爲一個複數

2009.10.9

致李賀

這個冬日，該有枯黃的馬匹經過
它的尾巴忽然竄出火

它慢悠悠地走， 慢悠悠
地燒成一副骨架，瘦的山水。

2010.1.7

國定路

她跳上自行車，深陷的
三角形身體，幾乎要被鋒利的座椅，從中裂開

但厚厚的衣服，包裹她，她像
已經蒸熟的肉粽，在寒風中，黏稠，冒著熱氣

2010.1.14

望遠鏡

貓群像黑色的氣球，浮在夕陽下的屋頂
所有人手上的繩，飛的再高一點，故鄉就再稀薄一點

母親舉起未知之物，對準天空和神，在叫
吳劍英的女人眼裡，兒子依舊小如櫻桃，命若孤單的琴弦

2010.1.20

游泳館

他知道，所有的男人都在像看女人一樣看他，
所有的女人都在像看男人一樣看他，

於是，他游的比魚，更快了一些，
比花更慢了一些。

2010.1.20

抒情詩

致H

無端，出現城市，蘆葦在浴缸裡，牆上垂擺著三兩鳥聲
水作爲一種濕滑的苔蘚，沙發生出耳朵、牙齒和更輕柔的嘴唇

無法將雲朵歸入歧途，也無法在橋中央，找到開花的灌木
倒敘的嗓音如沸滾的松香，田埂上的煙霧，被拆除，也被驅散

2010.1.24

途遇胡適之先生

先生，容我在你的屍骨邊，拋撒下更多的鮮花和更多的
我的骨頭，詞語裡藏有魚刺，喬木的落葉上浮起綠色的犀牛

月亮縱情於謊言，光的灰燼裡生出的時間像彎曲的湯勺
我用尖利的牙齒和嘴巴，回應你在堅硬的喉骨裡保存的風。

2010.2.3

青蛇傳

到底是虛構的肉身，不過山形間一縷殘破的輕煙，
遙遠、晦暗的家族，即便明月當空，頭頂的星辰也少於躍出
　　潮頭的河豚。

雪需下的再小些，現出枯荷的衣袖和雨水的骨頭，
牙齒需再鋒利些，這臨安城外的每一寸春光，才會更燦若鐘
　　聲，血跡斑斑。

2010.2.8

曹操

威武吾王，詩句不過是天邊一抹比雲彩更濃重的虛無，高高
　　的雨水
穿過重重鐵甲，空如曠野的一顆心，何須大雪的護衛？

風中突起三兩閣樓，當可登臨，當可遠望百里外的美人和
　　山河，
而誰俯身拭去案几上的塵土，爲你的屍骨添加一杯烈酒、幾
　　枝血紅的梅花。

2010.2.13

毛潤之先生

幸得先生，始有人從一首詩，信任一盤廝殺的棋局，
月湧大江，落子無聲，寥落的星辰彷彿在靜待一艘由遠及近
　　的草船

我聽見，弓弩終若細雨，小於墨點和一截中空的竹枝，
然世無完人，如同老虎逃脫山林，如同青碧的山林佈滿黑色
　　的暗紋

2010.2.15

隱喻詩

那棵樹像金子一樣暗,如果
不是經過掙扎,夢怎會被分岔開翻出泥土

此刻的霧,足夠沖淡一隻鷹淒厲的叫聲,它的
領地越來越高,越來越飄搖,身下的雨水像不斷掙脫的鯉魚
　　和兔子

2010.2.20

後視鏡

致W

我看見你在向後退去，黑黝黝的潮水逐漸減損內部的光亮
而風的爪印順著樹梢，歪歪斜斜佈滿天空，像冬天在寒冷裡
　不斷往高處攀爬

但這也許並非眞實的景象，如同天鵝飲掉了一座橋樑的倒影
如同閉上雙眼之後，我還能察覺一片水域的移動，以及一座
　島的孤獨地消失

2010.2.24

驚蟄日

致 W

走出房間，燈光的灰燼還沒有安定下來
昆蟲是其中最大的顆粒，而一隻蘋果裡仍閃爍著火星

他挪動步子，小心翼翼地離自己遠些，
他擔心，除非雨水不期而至，鳥聲將點燃身後三公里的月光

2010.3.7

春困

致W

我脊背上的光是墨綠，它比夢黑一點，而春天
乾淨俐落地開滿桃花，廟宇外每次遭遇的雨水都顯得白裡
　透紅

斷斷續續的行人像滾動的露珠，聚合又分散，他們的額頭
比月色寬闊一點，正適合一條新蠶在上面，輾轉反側，夜不
　成寐

2010.3.8

鱒魚

給「鱒魚宣言」環保小組

每條房樑上，都棲息著一隻翠鳥，除了豐茂的水草，
睡夢中的人每次從一棵榕樹下折返，氣泡都像梯子，悠悠地
　　伸向湖面

最早觸到天空的，將成為一朵雲，它慢慢變大，
長出腮、細小的鱗片和紅色的眼線，它攪起的水花，是日落
　　前的晚霞

2010.3.9

仿杜甫詩

夢見大魚從牆面浮出，浪濺濕松煙和一卷枯敗的山水，
月光慢慢圓潤、化開，蛙鳴在荷葉上動蕩一夜，終於變成清
　　晨的一地露珠。

有人在燈下輕輕擦拭青花，一叢芭蕉卻探近她的額頭，
雨水經月不歇，漫出了瓶口，那裡可否行船通郵，一日便到
　　江陵，再轉益州、彭州？

2010.3.16

艾草

似乎，與你說的塵世相反，
有三種苦可以歸為榮耀：慷慨，悲憫，以及孤獨。

我願在年輕時就死去，頭頂的雲彩比平時多一些，
而家人繼續為一株淡綠色小麥勞作，他們漫不經心，汗水淋
　　漓。

2010.3.20

寓言詩

亞洲，並不存在，
暗室才是偉大的光學中心

節日之外，我無法誦讀經文
嘹亮的灰白，向棲居於天空的人們緩緩展開

2010.3.31

清明

致W

飛機輕飄飄地掉下去，這次旅行也許才算完滿
你會記得他來過此地，風像狼群衝破臼齒，傷痕和嗷叫分散
　　成大朵的燈火

別心不在焉地連綴紙片上的字節，以及讀音中混雜的泥土
你該挑揀出桃花裡的骨頭，看看熙熙攘攘的人群裡還有多少
　　沒有雨水的墓碑

2010.4.3

真相

窗外是清晰的，
大格子玻璃阻擋了陽光的翻轉

說話的人需要先變成一隻
小鳥，才能啄到桌上剩下的米粒

2010.4.11

預言詩

在臉上紋虎的牙齒，牙齒中
點燃凍傷的蠟燭。若有情致，將沉思的

靜物倒置過來。過期的一天，好似鳳梨的殼，
螞蟻搬動石頭，也移走天空。

2010.4.21

慢世

霜降之日，備酒，待與來者飲，
肉糜、長席皆可不必，唯秋風不可缺。

一葦曾渡江，千觸方能祝神，
醉則醉矣，便眠美婦之側，或揣明月殺人。

2010.10.19

夜讀山海經

草綠色蟲鳴已落盡，肥頭小獸伏在枝頭，燈籠、鈍重的泉眼，
東西兩萬八千里，自問可否自答，倦意生出九條尾巴，

而我聽到什麼動蕩不安，它從我抄錄的溪水裡慢慢游出來，
帶著草藥和一種毒性，額上的銀飾，彷彿月亮在往人間遣返
　　更多的女人

2010.11.15

少年

青灰色的月亮，叼住狗肥大下垂的乳房，
不必去解釋，夢爲何會有一丈見方、百米之長。

酒徒攀上棗樹，捉住黑牛兇猛的鼻繩，
霜裡落下白鱔，浩蕩的河水像鬆垮不堪的褲襠。

2011.7.9

是的，上海動物園

游向一隻鸕鶿，猶如執葦，主動攻擊虎江中的漁夫
樹梢抖動，蒙面的玃來不及迎上橫飛而至的五彩盾甲

火烈鳥的方言有深有淺，如此遙遠、空寂、停頓
人類的尖叫，大概不足化開玄秘的鶴群和慵懶的浮萍

2011.7.11

歷史學

畢業後，他們在公車上偶遇，交換電話號碼，卻失去聯繫，
一晃十五年，短信裡，他說：很慚愧，一事無成。

風撐開根莖，樹冠被月光削得透明和鋒利。有污漬的事物
搜尋著人類的入口，我們一直偶然、沉默，無關輕盈。

2011.7.11

對街景的注釋

梨形的馬,在等候遲到的公車。
人們在屋頂搭建了船隻,為電梯安排了樹木長方形

的影子。起風時,地窖像一粒漂浮的土豆,
使鐘錶不斷撥慢的重物,將紅綠燈偽裝成失靈的開關。

2011.7.19

泉眼

一夜忘形，翠鳥已清理乾淨探出湖面的蛙鳴，
稻穗是殘剩的滾燙的露珠。

假借蜂包搖蕩，地道的入口掩蔽於鏤空的樹冠，
而溪水從未上漲，它只是天空的陷落。

2011.7.27

雲杉

今夜，我傷病如此，無法寫下句子和完整的詩篇
月光開始毀壞我，拆除我身體裡的橋樑、水渠和暗道

鳥是分散的國土，懸垂似乎就意味著已穩穩地降落
樹木皆支起稀落的韻腳，更遠處，有人小心地看了看我

2011.9.9

孫悟空夫人

她至今仍習慣居無定所，從一條街輾轉到另一條街，
豆花固然好吃，味蕾上大鬧天宮，還可以生出蟠桃、人參果

她好不矜持地笑，花果山的歲月令她從容而自在，
但路口的喇叭一響，她就變個戲法推車鑽進了旁邊小巷深處

2011.9.25

人山人海

遠處的樹林，像一滴鯨魚伏臥。聽泥土下
石頭的流動，各自沉默，眼睛受困而細長。

飛的事物並非爲了消逝，而是爲了搶在
收割的鐮刀前面，擦亮每簇帶火硝的樹冠。

2011.10.24

不寫詩的匪徒

潤楠、鵝掌楸、甜櫧、青岡，
柏木荷、鹽膚木、金蓮木、合歡樹，

油丹、坡壘、羅傘、冷杉、烏桕、海桐、羊角槭、青錢柳，
紫莖、仿栗、白扡、厚樸、金絲楠、大果安息香、見血封喉。

2011.11.9

東山寺

她的身體，不僅接納我，還溶解我，
我不能耽擱太久，不能。

山賊就要來了，花開得很盛。
繩索鬆弛下來，一端似乎還有呼吸。

2012.1.12

地心指南

時光是厚厚的脂肪，並非均勻塗抹於我們周遭，
它只在那些我們望得見的飛鳥身上堆積。

飛鳥不斷下落，夕陽猶如一把燒紅的鐵鍬。
萬物往泥土深處滑翔，我與它們皆用夢甦醒。

2012.2.1

對神秘的限制

站在橋上的時候，其實河已經流得離我們很遠了，
快艇斜斜地被固定在大簇波浪的尖上。

雜草凌亂地，從堤壩上鑽出來，
像母牛的嘴中在輕輕咀嚼。

2012.6.4

一生

致Y

我要再次爲你比喻一種事物：月亮。它是被一束光
照亮的圖釘：夜幕，因此可以搖搖晃晃地掛在麋鹿的角上

樹木吐出綠色的舌頭，受到挑釁的閃電，也伸出無數青灰的
　機械手
我被挑選出來成爲農夫的帽子，而你將自己僞裝成草地上一
　隻若無其事的綿羊

2012.6.27

澄邁觀海

海的渺小
在於它只輕微地晃動了一下
它是藍色的樹葉，和鷗群一起
被壓在了兩塊玻璃之間

2012.6.30

入秋

天氣很好。清冷的感覺，讓你知道：
我們很難讓自己失去。

貓撥弄一隻看起來曾在水窪中疾馳而過
的蝸牛。你的手鏈，像青瓜的藤。

2012.9.3

釣魚島

經過一夜充足的睡眠，山羊們從鯨魚腹中慢慢踱出來，
絢爛的山風，帶著青草和灌木的味道，直往他們身體裡滾

遠遠地，沒有橋通往大陸，也沒有波浪在晴空裡裂開，
鷗群的尖叫，像黑色的種子，薄薄地，飄蕩在海面上。

2012.9.11

觀自在

所有鳥都在半空轉彎，它們噴出
長長的、猩紅的尾線，繼而加速往木星深處墜落

我接受啓示，點燃了一處宮殿。我還預備爲兔子
戴上棉布帽子，爲蟾蜍與桂樹互換一枚小小的心臟

2012.9.14

虛度

馬將草銜給他吃。那黑色的穀物，
被月光吹得稀鬆。

身體裡的晚風，漸和煦起來，
翠鳥刺入蘆葦，彷彿一艘鐵船的引信

2012.9.21

附　　錄
我的詩歌主張

1、詩到滑動為止

　　詩歌就意味著「一切要從語言出發」。首先，語言理應成為詩歌寫作中的底線，這種底線在任何時候都應該具有與詩歌的及物性同等或更高的海拔。其次，與詩人一起出發、走在最前端的「語言」，應該是「現在時」的語言，而不應是「過去時」的或套著「過去時」面具的語言，即便其眞實意圖是要曲折地表達某種難以言說的「現在時焦慮」。再次，它意味著在衡量詩歌價值的藝術性與時代性的天平兩端，走在最前端的詩人應該固執地從藝術（語言）的一端出發，並不斷走向藝術（語言）的最深處。詩人的天命就要求他們更多地將生命貢獻甚至揮霍、浪費在作為一種偉大藝術的語言上，然而天命並非要求他們固執於一端，「偉大的詩歌」的誕生還需要詩人將注意力與精力往天平的另一端，作有意識地、無休止地滑動。對優秀詩人的整個詩歌生命而言，這種「更多」的使語言世界煥然一新的滑動本身就是結局，而對於詩人的某篇作品而言，我們應該要麼期待看到滑動，要麼期待看見語言，滑動高於語言。

2、 詞語主義

詩歌的「一切要從語言出發」，本質上就意味著應該從純粹作為語言元素的「詞語」出發。詞語是火藥，也是火本身。詞語引發句子，然後引發仍然作為純粹語言元素的「句子群落」。在某種意義上，這些句子的生成並非是可控的，因為它主要依靠潛意識而非意識的主動。當這些句子作為一種語言結構已現雛形，並繼而存在完善、修整後具備一首完整的「詩」的可能性的時候，意識才中途加入。是意識帶動著詩歌在寫作的後半程進行著語言與時代性之間的滑動，或者就索性使詩歌停留在語言的內部。這也就是說，純正的、從語言出發的詩歌，它的引發並非是主觀先設的，也不應該是主題優先的，它也絕非「時代性」與道德、利益的奴僕——它只能是語言的奴僕，是詞的嬰孩和馴化物。因此，詩人不該說「我要寫什麼」，不該說「我要寫一首什麼樣的詩」，而要在寫作中首先任詞語的牽引與擺佈。然而，在與詞語的關係中，詩人並非是無能的。非但不是無能，而且在寫作前後，詩人與詞語的關係完全是倒置的。在寫作之前，詩人通過長期的閱讀、思考、嗅辨，像獵人一樣先構它與整個詞語王國的緊張而混沌的關係：詩人將撥開密林的遮蔽，偷偷地接近詞語，捕捉和佔有詞語，並慢慢獲得馴化詞語及其群落、與之心心相通的能力。

3、當下中國語境中可資參考的詩歌語言實踐

(1)「從中國回到中國」：

即要從當下雜糅了古今中西的「中國」回到文化傳統和價值觀念生生不息的「中國」——與其說是「回到」，不如說是要恢復與保持對中國傳統的溫情與敬意來得更為準確，「回到」也並非目的，後一個「中國」也並非終點。換句話

說，當代詩歌寫作其核心不僅要關照當下，更要將視野和靈魂引向整個歷史性的整體；它關照的也不僅是西方主導的現代性，還應該有詩歌的本土性、中國性，更要在自信、自覺的基礎上，主動剔除對西方詩歌在道德與詩藝上的雙重倒伏心態，以此建設漢語詩歌自我主導的、不以西方詩歌為映射的、體現「中國性」和「中國力量」存在的「現代性」。當然，不應排斥對西方詩歌的持續關注與借鑑，更應自覺地將漢語詩歌視為一個開放、包容的體系。

（2）削尖漢語，超越「現代性」：

為達至非西方主導的此種詩歌「現代性」，需要對漢語詩歌的詞語叢林重新清理，應該像削尖鉛筆一樣，清除長期以來附著在漢語世界裡的雜物，保留那些使語言變得鋒利、有效的材料。因此，首先應該捨棄純粹的或具有辛辣刺激性的古典中國或西方意義的詞語與意象，對漢語詩歌的詞語與意象作清洗、稀釋、重選，創生中性的、表達當下並面向未來中國與世界進行構建的詞語、意象與詩歌形式。其次，要認識到這種中文詩歌的「現代性」與西方詩歌的現代性是一種競爭關係，它們的關係在糾纏、互相衝破中獲得前途。

（3）從語言層面解決詩歌的「當下性」問題：

「當下性」的問題，本身並不困擾那些專注於語言的詩人，因為他們自然地認為「詩歌無不活在當下」。只有當他人的評價介入，問題才屢屢演化為困境。任何時代的優秀詩人都應意識到，從語言出發、在語言層面解決詩歌的「當下性」問題乃路之正途，而在意識形態層面解決此問題則往往劍走偏鋒。以意識形態先行的詩歌，除了忽視現實與人性的複雜性之外，還可能將詩歌再度工具化，從而弱化其審美功能，往往使之成為政治的附庸。在語言層面解決詩歌的「當下性」問題，就是要啟動語言與現實的對應，但這種對應並非對稱——它不是要恢復詞與物的精確關係，而是在承認詞語穩定的公共屬性的同時，啟動其邊緣、暗藏、被忽視的意義，從而擴大語言的疆界，形成語言世界對現實世界更大範

圍的映射、暗示和籠罩。此外，對現實的關注不應投注過多的道德意味，它也不應僅僅包含了往往停留在意識形態層面的「批判」。作為一種藝術的詩歌，天生就是一種反歷史現代性的存在，其無不包含一種「批判性」。但批判性不是批判。批判性不僅是一種質疑，更是一種辨清。批評與溫情的交雜，反思與重建的生發，使批評性成為詩歌中詩人靈魂存在的主要樣式。

　（4）一種可能的美學：「童年寫作」。

　　在詩歌的青春期寫作、中年寫作之後，「童年」作為一種方法，應該生成我們新的視野。作為一種回憶，也作為一種符號，「童年」是什麼？它意味著純澈無邪、好奇心不斷積累、充滿可能性、走向「善」之完滿和理性。這還不足夠，最關鍵的是，它是意識與潛意識、意志與本能交雜、生發的「混沌」。因此，「童年寫作」就是不僅要在當代漢語詩歌經歷了長久的毀壞、解構、批判以及意識形態的侵蝕之外，為其「重建」一種指向「家園」的精神景象──它是充滿幻想又具有可感性的，它是光怪陸離又溫潤的，它是旨在恢復尊重「美」的價值的詩歌生態的──同時，它的野心還在於拒絕「精確」，力圖挖掘潛意識與意識之間的聯繫，生成詞語、意象與現實之間的「籠罩」，構建一種「迷人的混沌」。

2012.9.7

読詩人30　PG0864

 中文課
　──肖水詩集

作　　者　肖　水
主　　編　蘇紹連
責任編輯　黃姣潔
圖文排版　彭君如
封面設計　陳佩蓉、孫夢茹

出版策劃　釀出版
製作發行　秀威資訊科技股份有限公司
　　　　　114 台北市內湖區瑞光路76巷65號1樓
　　　　　電話：+886-2-2796-3638　傳真：+886-2-2796-1377
　　　　　服務信箱：service@showwe.com.tw
　　　　　http://www.showwe.com.tw
郵政劃撥　19563868　戶名：秀威資訊科技股份有限公司
展售門市　國家書店【松江門市】
　　　　　104 台北市中山區松江路209號1樓
　　　　　電話：+886-2-2518-0207　傳真：+886-2-2518-0778
網路訂購　秀威網路書店：http://www.bodbooks.com.tw
　　　　　國家網路書店：http://www.govbooks.com.tw
法律顧問　毛國樑　律師
總 經 銷　聯合發行股份有限公司
　　　　　231新北市新店區寶橋路235巷6弄6號4F
　　　　　電話：+886-2-2917-8022　傳真：+886-2-2915-6275

出版日期　2012年12月　BOD一版
定　　價　250元

國家圖書館出版品預行編目

中文課 / 肖水著. -- 一版. -- 臺北市：釀出版, 2012.12
　　面；　公分. --（語言文學類；PG0864）
　BOD版
　ISBN　978-986-5976-94-1（平裝）

851.486　　　　　　　　　　　　　　101023561

讀者回函卡

感謝您購買本書，為提升服務品質，請填妥以下資料，將讀者回函卡直接寄回或傳真本公司，收到您的寶貴意見後，我們會收藏記錄及檢討，謝謝！
如您需要了解本公司最新出版書目、購書優惠或企劃活動，歡迎您上網查詢或下載相關資料：http:// www.showwe.com.tw

您購買的書名：＿＿＿＿＿＿＿＿＿＿＿＿＿＿＿＿＿＿＿＿＿＿＿＿

出生日期：＿＿＿＿＿＿年＿＿＿＿＿＿月＿＿＿＿＿＿日

學歷：□高中 (含) 以下　　□大專　　□研究所 (含) 以上

職業：□製造業　□金融業　□資訊業　□軍警　□傳播業　□自由業
　　　□服務業　□公務員　□教職　　□學生　□家管　□其它＿＿＿＿＿

購書地點：□網路書店　□實體書店　□書展　□郵購　□贈閱　□其他

您從何得知本書的消息？

　□網路書店　□實體書店　□網路搜尋　□電子報　□書訊　□雜誌
　□傳播媒體　□親友推薦　□網站推薦　□部落格　□其他＿＿＿＿＿＿

您對本書的評價：(請填代號　1.非常滿意　2.滿意　3.尚可　4.再改進)

　封面設計＿＿＿　版面編排＿＿＿　內容＿＿＿　文／譯筆＿＿＿　價格＿＿＿

讀完書後您覺得：

　□很有收穫　□有收穫　□收穫不多　□沒收穫

對我們的建議：＿＿＿＿＿＿＿＿＿＿＿＿＿＿＿＿＿＿＿＿＿＿＿＿

＿＿＿＿＿＿＿＿＿＿＿＿＿＿＿＿＿＿＿＿＿＿＿＿＿＿＿＿＿＿＿＿

＿＿＿＿＿＿＿＿＿＿＿＿＿＿＿＿＿＿＿＿＿＿＿＿＿＿＿＿＿＿＿＿

＿＿＿＿＿＿＿＿＿＿＿＿＿＿＿＿＿＿＿＿＿＿＿＿＿＿＿＿＿＿＿＿

11466
台北市內湖區瑞光路 76 巷 65 號 1 樓

秀威資訊科技股份有限公司　　收

BOD 數位出版事業部

....

（請沿線對折寄回，謝謝！）

姓　　名：_____　年齡：_____　性別：□女　□男

郵遞區號：□□□□□

地　　址：_____

聯絡電話：(日)_____　(夜)_____

E - m a i l：_____